AF217627

Stefanie Keise

Hallo Jenseits, ich bin online

Biografie eines Mediums

Dieses Buch widme ich meinem Sohn Stephen,

meiner Schwiegertochter Josefin und

meinen Enkelkindern Cleo und Lenny.

Möge es euch Mut machen, eurer Intuition zu folgen,

auf dem Weg in ein göttliches Bewusstsein.

Stefanie Keise

Hallo Jenseits, ich bin online

Biografie eines Mediums

Impressum:

©2018 by Stefanie Keise mit Klaudia Maleska
Umschlaggestaltung: Timon Esser
mit einem Bild von Andrea Ottenjann

Lektorat u. Satz: Angelika Fleckenstein; Spotsrock

ISBN:
978-3-7469-8835-1 (Paperback)
978-3-7469-8836-8 (Hardcover)
978-3-7469-8837-5   (e-Book)

Druck und Verlag:
tredition GmbH
Halenreie 40–44
22359 Hamburg

Bibliografische Information der Deutschen Nationalbibliothek:
Die Deutsche Nationalbibliothek verzeichnet diese Publikation in der Deutschen Nationalbibliografie; detaillierte bibliografische Daten sind im Internet über http://dnb.d-nb.de abrufbar.

Hinweis:
Die Namen einiger erwähnter Personen wurden zu deren Persönlichkeitsschutz geändert.

InSight Keise
https://www.keise-insight.de/

Einblicke

Samstagabend. Soeben habe ich die Gäste meiner Live-Demonstration verabschiedet. Regelmäßig lade ich zu dieser Veranstaltung ein und gebe durch Jenseitskontakte vor Publikum Einblicke in meine Arbeit als spirituelles Medium. Ich höre die Menschen beim Hinausgehen leise miteinander sprechen. Sie klingen beeindruckt, fassungslos, diskutieren das Erlebte. Manche sind skeptisch. Die ersten Autos werden schon gestartet. Dann fällt die Tür ein letztes Mal ins Schloss.

Ich massiere Stirn und Schläfen und streife mir die Schuhe ab. Wenn ich vor vollen Zuschauerreihen in zwei Stunden zunächst referiere und dann Jenseitskontakte zu Verstorbenen mache, bin ich anschließend erschöpft. An manchen Abenden vor lebendigem, energetischem Publikum komme ich vor lauter sprudelnder Informationen der Verstorbenen gar nicht nach. An anderen Abenden mit eher skeptischen und verschlossenen Menschen läuft es zäher. Ich muss dann viel aus meiner Energie schöpfen, um einen atmosphärischen Fluss in Gang zu bringen und „die Leitung" zu halten. Was ein bisschen wie Entertainment mit Verstorbenen für die Lebenden klingt, hat eine tiefe spirituelle Bedeutung. Die Aufgabe eines Mediums ist das Beweisen unserer Existenz über den Tod hinaus. Dieser Trost, dass nach dem körperlichen Sterben die befreite Seelenenergie Zeichen geben kann, hat so manchem verzweifelten Hinterbliebenen die eigene Lebensfreude wieder möglich gemacht. Es ist meine Berufung, den Menschen zu helfen. Nichts erfüllt mich mehr, als wenn ich als tiefgläubiger Mensch meinen Nächsten Hoffnung geben kann. So manche melden sich nach der Live-Demonstration noch einmal für ein weiteres intensives Einzelgespräch im Kontakt mit ihren Verstorbenen. Mithilfe meiner Geistführung empfange ich die Botschaften der Jenseitigen in Bildern, Farben, Düften, Empfindungen. Ich werde zum Empfangskanal und erzähle oft genug von kleinen Geheimnissen, die nur mein Klient und der Verstorbene wussten. Das Lächeln meines Gegenübers unter den Tränen ergreift mich immer wieder neu.

Aber Schluss mit dem Sinnieren, denke ich, denn wie immer beginnt nun das Aufräumen für mein Team und mich.

Ich öffne die Fenster für eine Stoßlüftung. Meine Freunde und Assistenten Petra, Tina und Martin plaudern in der Küche.

„War das wieder ein Andrang heute Abend, was?", fragt Tina. „Und war die Frau mit dem verunfallten kleinen Sohn nicht besonders rührend? So gefasst, während Stefanie die Schildkröte aus Plüsch genau beschrieb, die sein Lieblingsspielzeug war."

„Ungewöhnlich, so eine Schildkröte", sagt Martin etwas gepresst, weil er gerade eine Wasserkiste hochhebt.

„Ja, und damit genau der Beweis für die Mutter, dass ihr Sohn dieses Bild geschickt hat. Aber was sagt ihr denn zu dem verstorbenen Architekten, der seiner Frau aus dem Jenseits noch die schönsten Komplimente machte?"

Petra lacht, während sie Geschirr in die Spülmaschine räumt.

„Was ich dazu sage? So ein Gentleman im Jenseits ist im Zweifelsfall besser als ein Rüpel hier."

Jetzt muss Tina auch lachen.

„Aber war das nicht witzig, als Stefanie heute Abend einfach nicht wusste, was die verstorbene Schwester der einen Zuschauerin in der Hand hielt? Dieses verzweifelte Beschreiben von irgendwelchen schwarzen, kleinen, runden Dingern? Und die Verstorbene deutete immer auf ihren Mund? Und Stefanie sah es und machte es die ganze Zeit nach!"

Ich muss über das Geplauder schmunzeln, schließe die Fenster wieder und rücke Stühle zurecht. „Stefanie?!"

Tina lugt aus der Küche. „Wir unterhalten uns gerade über die Knöpfchen, die du erst nicht erkannt hast. Das war heute der Hammer, oder?"

Ja, war es, denn nachdem ich sagte, dass ich Lakritz im Mund schmecke, rief die Frau im Publikum: „Veilchenpastillen! Die sind es! Die hat meine Schwester so geliebt!"

Im Büro sichte ich kurz meinen Kalender für die kommende Woche. Neben den regelmäßigen Kursen noch etliche Auralesungen und zwei Berufscoachings. Mal nachrechnen, ob ich es pünktlich zum Mediationskreis schaffe. Und gleich Montagfrüh zwei Jenseitskontakte. Dafür kommt eine Klientin sogar aus Köln. Zudem Vorbereitungen für den nächsten Zertifikats-Kurs. Meine Sekretärin möchte die Homepagetexte dafür mit mir durchgehen. Ich seufze. Die Aufnahmen für die Meditationen zum Download stehen noch an, und wann war noch gleich Beginn des Tranceworkshops? Ich halte inne. Hätte ich je gedacht, als Medium in Münster so einen Erfolg zu haben? So viele Menschen vertrauen mir und suchen meinen Rat in jeglichen Lebenslagen. Dankbarkeit breitet sich in mir aus.

Viele meiner Teilnehmer oder Klienten, zu denen ich über die Jahre schon ein etwas vertrauteres Verhältnis habe, interessieren sich für meinen sogenannten Werdegang. Klar, wenn man junge Menschen nach ihren Berufswünschen fragt, wird man eine ganze Reihe von Vorstellungen hören, aber wohl kaum: „Ich denke da an eine Laufbahn als Medium. Mal schauen, ob das Arbeitsamt mir eine Ausbildung anbieten kann." Wie wird man also Medium? Auch die Presse wird zunehmend auf mich aufmerksam. Genug Gründe, eine Biografie zu schreiben? Vielleicht. Aber der eigentliche Grund ist ein anderer.

Dieses Buch ist eine Hommage an Gott und meine Geistführung. Jede Zeile, jeder Gedanke, jedes Gefühl, jede Erinnerung ist Dankbarkeit für das Vertrauen in mich und für die unglaubliche Unterstützung, die mir zuteil wurde. Indem ich meinen langen, oft sehr schweren Weg beschreibe, möchte ich Zeugnis ablegen von meinem Glauben an Gott. In seinem Sinne möchte ich mit dem Buch das tun, was ich sonst auch mache: Menschen Hoffnung geben. Ich möchte Trost spenden und heilsam sein, damit auch Sie Ihr individuelles Schicksal nicht als Willkür, sondern als Fügung verstehen und es im Vertrauen auf eine allumfassende Liebe und Sinnhaftigkeit annehmen und tragen können.

„Folge dem Ruf Deiner Seele,

sie versucht, Dich zurück

zur Einheit zu führen."

Stefanie Keise

1

Als Münsteraner weiß man, wie eine Kirche aussieht. Es stehen schließlich gefühlte 100 von ihnen in der Stadt herum. Schon der ganz kleine, idealerweise katholische Münsteraner (denn das war lange Zeit von Vorteil) kennt eine beträchtliche Anzahl dieser Sakralgebäude auch von innen. Je nachdem, zu welchen Gemeinden die zu taufende, zu verheiratende oder zu beerdigende Verwandtschaft gehört. Der Kirchgang war zu meiner Zeit selbstverständlich. Die Existenz Gottes war mir von Beginn meines 1954 geborenen Lebens an immanent. Mir stellte sich die Frage des Glaubens im Wortsinn gar nicht. Ich musste nicht an ihn „glauben". Gott war und ist einfach Teil meines Bewusstseins. Münster erwies sich als fruchtbarer Boden zur Festigung meines Glaubens. Nie habe ich an Gott gezweifelt. Die christliche Erziehung in diesem westfälischen Bischofssitz durch die katholische Familie, die sogar einen Onkel als Kaplan der bekannten Kreuzkirche aufweisen konnte, bot mir bestätigende Sicherheit.

Weil uns Gott wie im richtigen Leben auch auf den folgenden Seiten noch sehr oft begegnen wird, und weil ich mir wünsche, dass Sie und ich uns gut verstehen, möchte ich zu Anfang etwas klarstellen. Wenn ich von „Gott" und „er" spreche, benutze ich der Einfachheit halber die im Christentum gebräuchlichen Worte. Wir werden ohnehin nie Begriffe finden, Gott in seiner Allumfassheit zu beschreiben, geschweige denn eine treffende optische Vorstellung dessen haben, was „Gott" ist. Aber wir Menschen brauchen eben Worte und Bilder. Weil ich der Vielfalt der Vorstellungen von Gott gerecht werden möchte, richte ich die Gebete in meinen Seminaren und Zirkeln oft an „Vater, Mutter, Schöpferkraft". Das wäre im Folgenden denn doch etwas hinderlich. Lassen Sie uns so verbleiben: Sie gestatten mir die Bezeichnung Gott in der damit verbundenen maskulinen Form, und im Gegenzug ist es mir völlig recht, wenn Sie bei „Gott" lieber Allah denken, an eine Natur-Urmutter, oder eine vor Liebe überbordende Lichtquelle in sich fühlen.

Ich freue mich für jedes Kind, das Zugang zum Glauben hat, und das sich auf seinem Weg von Gott angenommen, geliebt und geschützt fühlt.

Wer weiß, in welche seelische Not ich geraten wäre, hätte ich nicht diese einzige wirklich funktionierende Lebensversicherung seit jeher in mir gehabt. Denn ich war anders. Damit meine ich in dem Sinne anders, dass ich keine entscheidende Schnittmenge mit meinen Altersgenossen fand. Bei mir funktionierte nicht, was bei anderen Kindern während des Aufwachsens passiert: dazugehören. Zum Beispiel zu der Gruppe der Mädchen, die Sinnsprüche sammeln und dieselben Bücher mögen. Da gibt es Gespräche und Gemeinsamkeiten und Abgrenzungen und sich allmählich entwickelnde Ansichten im Austausch. Von außen betrachtet wären solche Mädchen für mich passend gewesen. Aber immer dachte ich tiefer und komplexer und wunderte mich, mit wie wenig sie sich gedanklich zufriedengaben. Ich fühlte mich nie wirklich zugehörig. Mehrmals gab es für kurze Zeit in mir diese Freude, jetzt aber die vermeintlich richtigen für diese Art verschwörerisches Urverständnis unter Freundinnen gefunden zu haben. Das erwies sich bis ins Jugendalter und darüber hinaus nach kurzer Zeit als Trugschluss. Obwohl ich schon von klein auf großes Mitgefühl für Kinder empfand, die in irgendeiner Form benachteiligt waren, obwohl ich vor allem den Waisenhauskindern unseres Stadtviertels immer zu helfen versuchte und auch keineswegs unbeliebt war, blieben meine eigenen Sehnsüchte nach wahrem Verständnis und wahrem Gleichklang unerfüllt.

Meine Hauptbeschäftigung war das Beobachten. Offenbar nahm ich mit feinen Sinnen viel mehr wahr als andere – Kinder wie Erwachsene. Ich fühlte anders und dachte anders. Eine ungefilterte Informationsflut aus Bildern und Empfindungen, Zwischentönen und Ahnungen durchströmte mich, wenn Menschen um mich herum etwas erzählten oder agierten. Während ich neben dem Gesagten auch das wahrnahm, was verschwiegen wurde, jagten gleichzeitig Gedankenströme auf vielen parallelen Bahnen durch meinen Kopf. Die Summe war ein umfassendes Bild aller situativer Facetten. Selbst wenn ich es hätte in Worte fassen können, hätte ich mich wohlweislich gehütet, meinen Mitmenschen etwa an der elterlichen Kaffeetafel fröhlich plaudernd meine Erkenntnisse über ihren Seelenzustand mitzuteilen. Aber man sah es mir an. Viel später als Erwachsene hörte ich von meinem britischen Freund Paul Lambillion, dem spirituellem Heiler, Lehrer und Berater von internationalem Ruf: „Stefanie, you've got this X-ray-look. There's no way to hide anything from you." Diesen alles erfassenden Röntgenblick zu haben, erweist sich vor allem in der Schule als zweifelhaftes Vergnügen. Die meisten Lehrer empfinden solche Schüler zumindest als unbequem, manche fürchten sie. Es ist nun einmal eher unschön für einen beruflich besserwissenden Erwachsenen, unverwandt von dem Augenpaar eines kleinen Mädchens (und später einer aufmüpfigen Jugendlichen) angestarrt zu werden, dessen Blick sagt: „Was immer du hier meinst zum Besten zu geben, ich spüre deine fachliche Unsicherheit in den Details. Zudem fühle ich einen Bruch in deinem Leben, der nicht dadurch besser wird, dass du deinen Frust an der schwächeren Kollegin auslässt. Du verhältst dich unehrenhaft." Meine schulischen Leistungen waren aber nicht nur aufgrund dieserart provozierter Animositäten dürftig. Meine Auffassungsgabe und meine ganze Art des Denkens und allumfassenden Erlebens ließen sich nicht in die Schablonen enger Schulstrukturen und aufgezwungener Lernmethoden pressen.

Wie gönne ich den jungen Menschen von heute, dass es mittlerweile Riesenfortschritte in der Erkenntnis solcher „Dispositionen" gibt. Heute hätte man über Klein-Stefanie von damals gesagt: „Das Kind ist hochbegabt, hochsensibel und hochsensitiv." Endlich ist dieses Phänomen wenigstens bekannt und schneller entdeckt. Es gibt ausgebildete Förderlehrer, die diesen Kindern mit Verständnis und Respekt begegnen. Fachliteratur und Internetforen geben diesen Menschen die Sicherheit, dass sie mit ihrer Art zu denken und zu fühlen nicht nur einfach anders normal, sondern sogar mit besonderen Begabungen ausgestattet sind. Zu meiner Zeit waren Gaben solcher Art unbekannt, unerkannt und unerwünscht. Nach dem Krieg hatte man zu funktionieren, nicht zu philosophieren. Für mich bedeutete das Irritation, Selbstzweifel, Verletzlichkeit und innere Isolation. Dass ich zudem noch Wesenheiten wahrnahm, die es offiziell in der Realität nicht gibt, trug nicht zur Besserung meines Ansehens bei. Das war mir klar, weshalb ich als Kind zwar bereits laut mit meinem langjährigen Geistführer sprach (immerhin jemand, der mich verstand), aber ihn niemandem vorstellte. Ich denke, meinem Geistführer kam das entgegen. Sicher war es auch in seinem Sinne, vor allem meine Mutter zu schonen. So enthielt ich ihr also vor, dass der unsichtbare Fantasie-Freund, mit dem ich mich ihrer Meinung nach unterhielt, ein verstorbener Ägypter war. Schon als kleines Kind hatte ich wahrgenommen, dass da jemand um mich ist und es als selbstverständlich erachtet. Anfangs merkte ich nur an der mich umgebenden wärmenden Energie, dass er sich näherte, um mir beizustehen. Mit der Zeit entwickelte sich der optische Eindruck. Ein verstorbener, fremdländischer, weiser Mann war mein Vertrauter – und mein erster Jenseitskontakt. Aber das wusste ich noch nicht.

Als einmal die ganze Familie (ich habe drei Geschwister) zusammen mit meiner Patentante einen Sonntagsspaziergang machte, hörte ich, wie sie zu meiner Mutter sagte: „Aber, Käthe, du kannst mir doch nicht erzählen, dass du nicht merkst, dass Stefanie irgendwie anders ist. Die ist nicht wie wir." Meine Mutter reagierte abweisend und verschlossen. Sie interpretierte „anders" als das, was sie ohnehin schon in mir sah: nicht normal. Das durfte einfach nicht sein in der Familiensituation. Sie hatte es schwer genug.

Meine Mutter wurde im westfälischen Hoetmar geboren, und was immer sie sonst noch für Vorstellungen von ihrem Leben hatte, eines wollte sie auf gar keinen Fall: einen Bauern heiraten und in der Landwirtschaft arbeiten. Obwohl mein Großvater aus einer Familie mit zwölf Kindern stammte, hatte er es geschafft, ein eigenes Geschäft zu eröffnen. Meine Großmutter hatte ein Haus mit in die Ehe gebracht, und so gab es Raum für eine kleine Nährmittelhandlung. Im Laufe der Zeit bauten sie einen beachtlichen Eiergroßhandel auf, in dem meine Mutter schon früh mithalf. Die Familie war fleißig und gläubig, und meine hübsche, sportliche Mutter zog die Blicke der jungen Männer im Dorf schon früh auf sich. Sie erzählte immer von einer Voraussage einer fremden Frau, dass ihr ein blondgelockter, blauäugiger Soldat begegnen würde. Offenbar schwieg sich die Zukunftsdeutung über diejenigen Details aus, dass der junge Mann abgekämpft und arm mit einem einzigen, vor Flicken doppelt so schwerem Unterhemd eintraf. Aber da stand er – blonde Locken, blaue Augen, mein Vater.

Sein Weg hatte ihn nicht nur durch den politischen Krieg geführt, sondern auch durch einen seelischen. Als er neun Jahre alt war, entschied die zweite Frau seines Vaters, dass sie nur die jüngeren Kinder der insgesamt sechs Geschwister übernehmen wolle, die älteren hätten zu gehen. Mein Vater wurde aus seinem Geburtsort Jessen/Landkreis Wittenberg fortgeschickt. Da die Familie zu den von den evangelischen Gläubigen beargwöhnten Katholiken gehörte, sollte der Junge in ein katholisches Gebiet. So landete er bei einem Kötter in Hoetmar und vermisste seine an Schwindsucht gestorbene Mutter schmerzlich. Mit acht Jahren hatte er auf Geheiß seines Vaters hin den Arzt zur Mutter holen sollen, den er schließlich auf einer Party fand.

Als mein Vater ihn um Hilfe anflehte, antwortete er brüsk: „Was soll ich bei euch? Deine Mutter wird sowieso sterben." Diese Großmutter, die ich nie kennenlernen durfte, war Krankenschwester in der Radiologie gewesen, gebildet, gläubig und eine feine Frau. Sie las und schrieb sehr viel und spielte Klavier. Mein Vater hatte seine hohe Intelligenz und seinen Feinsinn sicher von ihr geerbt, und nun konnte er als Neunjähriger froh sein, wenn er bei dem fremden, kinderlosen Kötterehepaar in der Nähe von Warendorf am Ofen sitzen durfte. Der Junge hatte zu arbeiten und im Stall zu schlafen. Als er später mit knapp 17 Jahren aus der Gefangenschaft zu ihnen zurückkehrte, hieß es nur schroff: „Was willst du denn hier?!", und die Tür fiel zu. Dasselbe bittere Erlebnis hatte er vorab schon einmal gehabt, als er sich aus Sehnsucht zurück zum Vaterhaus durchschlug und vom eigenen Vater mit ähnlichen Worten zurückgewiesen worden war.

Nun aber war da ein Anker: Meine Mutter, und fast mehr noch die Mutter meiner Mutter. Für meine Großmama Maria war der Glaube kein Lippenbekenntnis. Ungeachtet dessen, was man im Dorf wohl über die Unsittlichkeit eines unverheirateten jungen Paares unter einem Dach sagen könnte, nahm sie meinen Vater in ihr Haus auf und sorgte für ihn. Nach fünf Jahren allerdings hielt auch sie es für allmählich höchste Zeit, klare Verhältnisse zu schaffen und die Liaison zu legalisieren. Meine Eltern heirateten und gingen von Hoetmar nach Münster, um sich eine Existenz aufzubauen. Im Gepäck hatten sie so gut wie nichts. Im kriegszerstörten Münster wurde den Suchenden ein leerstehendes Häuschen an der Werse, einem Fluss, zugewiesen. Vor allem für meine Mutter bedeutete das harte Zeiten. Als ich dann 1954 geboren wurde, hatte sie schon meinen zwei Jahre älteren Bruder. Ein Jahr später wurde meine Schwester geboren, und der jüngste Bruder ließ auch nur zwei weitere Jahre auf sich warten. Die Feuchtigkeit hatte jeden Winkel in dem Holzhaus am Fluss erobert. Es war klamm, modrig und die Betten schimmelten. Elektrisches Licht gab es nicht. Fast mehr noch als diese äußeren Umstände machte meiner Mutter die Einsamkeit da draußen zu schaffen. Die Ausbildung meines Vaters im Krieg zum Fahrlehrer trug nun Früchte. Er hatte Arbeit gefunden und war ganztägig fort. Das Fahrrad bot die einzige Möglichkeit, die Gegend einmal zu verlassen. Wie oft das einer Frau mit kleinen Kindern möglich war, kann sich jeder ausmalen. Meine Mutter, die in einem turbulenten großen Haushalt aufgewachsen war, litt unter der Isolation, die mit einem Gefühl der Unsicherheit einherging. Es waren immer noch viele Flüchtlinge unterwegs. Fremde Menschen fuhren auf Booten an unserer einsam gelegenen Unterkunft vorbei. Unser Hund Bella wachte in solchen Situationen an ihrer Seite. Mutters dauernde Traurigkeit stand der Flussfeuchte in nichts nach. Sie durchzog ebenfalls spürbar jeden Winkel des Häuschens.

Der Umzug in die Stadt einige Jahre später musste meiner Mutter wie eine Erlösung vorgekommen sein, und doch habe ich auch die dann folgende Zeit in einer richtigen Wohnung als trüb und grau überschattet in Erinnerung. Die Welt schien mir lieblos und jeder mit sich selbst beschäftigt. Aber woher sollten die Menschen um mich herum auch Entspanntheit und liebevolle Leichtigkeit nehmen? Eine ganze Generation hatte damit zu tun, auf allen Ebenen und in allen Bereichen das Leben nach dem Krieg wieder in Gang zu bekommen. Eine gewisse Bedrückung, Strenge und Erschöpfung wird in den meisten ärmeren Familien normal gewesen sein. Wer den Krieg überlebt hatte, trug zumindest emotionale Narben, für deren Heilung jeder selbst zu sorgen hatte. Für uns vier Geschwister jedenfalls blieb durch den Existenzkampf meiner Eltern wenig Zuneigung und Liebe übrig. Oder besser: Sie wurde uns nicht so offenbart, wie es uns gutgetan hätte.

Nun wohnten wir also in der Erphostraße, einer recht noblen Gegend in Münster. Wir teilten die Wohnung mit einer weiteren Mieterin. Im Winter blühten die Eisblumen an den Fensterscheiben, weil sich der Kachelofen vergeblich mühte, Wärme bis unter die hohen Stuckdecken zu verteilen. Die unfreundliche Vermieterin ließ uns nicht in den Garten hinter dem Haus. Dafür schüttelte sie ihre Betten gern genau dann aus dem Fenster aus, wenn meine Mutter unseren jüngsten Bruder im Kinderwagen an die frische Luft vor die Tür geschoben hatte. Auf der anderen Straßenseite lebten gut situierte Nachbarn in schönen Häusern mit gediegener Einrichtung und so etwas wie Musikzimmern. Dass auf uns herabgeschaut wurde, störte mich nicht, wohl aber die genauso prompten wie falschen Schuldzuweisungen an uns bei den Resultaten schief gegangener Kinderstreiche.

Meine Mutter sehe ich in meiner Erinnerung unermüdlich arbeiten. Sie nähte und strickte für uns vier Kinder alles. Auf alten Fotografien sieht man uns vier wie aus dem Ei gepellten Kindern die Armut nicht an. Wir stecken in exakt passenden Wintermäntelchen mit entsprechenden Strickmützen auf akkuraten Haarschnitten. Hosen und Kleider saßen wie angegossen, wir machten einen äußerst ordentlichen Eindruck. Zum großen Kummer meiner Mutter entsprach ich ganz und gar nicht diesem Eindruck. Da sie selbst eher Plattdeutsch sprach und kaum Schulbildung genießen durfte, hatte sie kein allzu großes Selbstbewusstsein entwickelt. Umso anstrengender empfand sie ein Kind, das sich einfach nicht einfügen mochte. Ich stellte unentwegt Fragen und muss der geforderten Frau oft genug provokant vorgekommen sein. Vielleicht hätte sie mit mehr Bildung und Selbstbewusstsein mein Potenzial erkannt und es gewürdigt. So aber war mein Verhalten eine Last für sie. Sie schämte sich für mich und ließ mich das oft genug wissen. Mein Anderssein kommentierte sie mit „Du bist für nichts gut. Eine Nichtskönnerin." Sie war streng und verhielt sich mir gegenüber abweisend. Mit meiner Übersensibilität fühlte ich ihre Not (nicht nur) mit mir und versuchte, ihr alles recht zu machen. Ja, ich tat geradezu vorauseilend Dinge, die sie erfreuen würden. Dass sie mit ihrer Strenge und Härte versuchte, mich „irgendwie in die Spur" zu bekommen, war für damalige Erziehungsmethoden nicht ungewöhnlich. Wie sehr sie trotzdem zu mir hielt, merkte ich dann, wenn mir jemand Leiden zufügte oder ich traurig war, weil mir etwas misslang. Dann machte mir meine Mutter Mut, baute mich auf, appellierte an meine Courage. Spirituell betrachtet weiß ich heute, dass meine Mutter mit ihrem Verhalten ihren Auftrag an mir erfüllte, indem sie mich ihre Ablehnung manchmal so bitter spüren ließ. Diejenigen im Leben, die uns wie die größten Kontrahenten erscheinen, sind unsere besten Lehrmeister. Sie haben diese Rolle übernommen, damit wir innerlich an der Auseinandersetzung reifen können und unseren Weg finden. Jeder kennt die Schwierigkeiten von Menschen, die stets vorsorglich in Watte gepackt wurden. Ich bin meiner Mutter nicht nur aus dieser Erkenntnis heraus dankbar, sondern wir haben mittlerweile sogar ein ganz inniges, liebevolles Verhältnis miteinander, über das wir beide sehr glücklich sind.

Diese versöhnliche Haltung habe ich auch gegenüber meinem Vater, dessen ganzes Wesen meinem so ähnlich war. Aber ihn hat das harte Schicksal gelehrt, Gefühle nicht zu zeigen. Obwohl ich also um unseren Gleichklang in der Zartheit der Wahrnehmungsfähigkeit wusste, wurde mir auch von seiner Seite kein liebevolles Miteinander zuteil. Sehr wohl war er aber im Gegensatz zu meiner Mutter stolz auf mich und erkannte etwas in mir, das sich anderen nicht offenbarte. Bis zu seinem Tod blieb er für mich geheimnisumwoben und unnahbar, und bis zu seinem Tod sehnte ich mich nach einer Umarmung von ihm und eine Bekundung seiner Vaterliebe. Er konnte es nicht.

Wir Geschwister kamen in den St. Mauritz-Kindergarten. Der weihevolle Name änderte nichts an der Tatsache, dass wir damals dort geschlagen wurden. Die kriegserschütterten Erwachsenen in meinem Umfeld schafften es noch nicht einmal, ihre weichen Seiten im Umgang mit Kindern wieder zuzulassen. In der Schule warfen verhärmte Lehrer später gezielt mit Schlüsselbunden. Als ein Pfarrer bei einer Führung durch die St. Mauritzkirche fragte, warum eine der Steinfiguren dort die Lilie so besonders hochhalte, erhielt ich auf meine unschuldige Kinderantwort hin, dass er so besser an ihr riechen könne, eine schallende Backpfeife. Durch die ersten fünf Jahre meines eher von trüben Bildern geprägten Kinderlebens hatte ich mich hindurchgekränkelt. „Die will nur Aufmerksamkeit erheischen", hieß es in der entfernteren Familie. Weiteres Salz in den Wunden meiner Mutter. Neben Lungen- und Mittelohrentzündungen litt ich an einer Fehlstellung meiner Beine und musste täglich zwei Stunden in Metallschienen im Bett liegen. Inmitten dieser trostlosen Alltagsatmosphäre verhinderte zudem meine Sensibilität jegliche Form von Unbeschwertheit. Die mich umgebenden Schwingungen der anderen erzählten mir unentwegt von deren Sehnsüchten und Traurigkeiten. Wo sich andere Kinder im Urvertrauen befanden, dass Erwachsene schon alles regeln würden, spürte ich, dass auch Erwachsene an ihre Grenzen kamen und überfordert waren. Ich fühlte tief verunsichert, dass uns der viel zu sensible und belastete Vater verlassen wollte. Ein Entschluss, den er dann doch verwarf. Bis heute bin ich ihm dankbar, dass er sein Vorhaben fallen ließ. Wir wären als Kinder einer mittellosen Mutter in ein Heim gekommen. Auch fühlte ich eine Todessehnsucht in ihm, die mich bedrückte. Ich wollte keine Last sein und die Existenznöte mittragen helfen. Schuhe und Schulbücher für vier Kinder waren teuer, da half auch die ewige Brotsuppe nicht beim Sparen. Ohne mir wirklich dessen bewusst zu sein, aß ich nur noch Haferflocken, um meinen Geschwistern nichts wegzunehmen, und wurde spindeldürr.

Allerdings bin ich recht häufig Auto gefahren, und zwar jedes Mal dann, wenn die Polizei mich wieder nach Hause zurückbrachte, nachdem sie mich irgendwo aufgegriffen hatte. Warum ich ständig weglief? Aus für mich völlig rationalen Gründen. Ich fühlte mich wie eine Außerirdische und war der festen Überzeugung, nicht bei meinen richtigen Eltern zu sein. Das teilte ich ihnen auch mit, was sich nachteilig auf meinen Sympathiewert auswirkte. Ich lief wie Hänschen klein einfach los und hoffte, in die Welt hinein zu finden, in die ich mich innerlich immer flüchtete. Irgendwo musste ich doch ein wahres Zuhause haben! Lange Jahre habe ich, wenn mich jemand auf meine Kindheit angesprochen hat, mein damaliges Erleben beschrieben mit „als ob ich in einer großen Blase stecken würde". Ich erlebte und betrachtete alles wie aus einem unsichtbaren Kokon heraus. Erst jetzt, während der Arbeit an diesem Buch, erfuhr ich endlich in einer Meditation, was es mit dieser „Blase" auf sich hatte. Die ganze Zeit über hatte ich mich in der Aura meines Geistführers befunden, mit der er mich beschützt hatte.

Meine Patentante brachte mich einmal nach einem Besuch bei ihr wesentlich früher als geplant und völlig frustriert zu meinen Eltern zurück. Sie wollte der kleinen Nichte einen schönen Tag bereiten, wie liebe Patentanten es gemeinhin mit Eis und Plaudereien und einem Spielplatzbesuch tun. Aber sie verzweifelte an dem Kind, das da stumm und traurig aus dem Fenster starrte. Möglicherweise habe ich mich mit Gott unterhalten, aber nicht mit ihr. Ich war realitätsfremd, introvertiert, schwierig und auffällig, dazu viel zu dünn. Alice in Wonderland mit einem unsichtbaren Ägypter an ihrer Seite. Zu meinem Entsetzen sollte eine sogenannte „Kinderverschickung" Abhilfe schaffen.

Während sich viele Kinder üblicherweise nach dem Abschied von den Eltern auf den Freizeitspaß mit anderen freuen, erleben hochbegabte, sensible Kinder das oft genug als Grauen. Lauter kleine, laute Mitmenschen, die sich bestens verstehen und im Leben auskennen, während man selbst keinen Zugang findet und sich darüber wundert, welche Banalitäten den Altersgenossen zur Zufriedenheit reichen. Ich hatte Heimweh, sogar nach meinen „nicht richtigen" Eltern, und nach meinem vertrauten Bett. Ob das Bett im Schlafsaal nicht auch ganz tröstlich und gemütlich war, entzog sich meiner Beurteilung. Ich lag nachts mit einer Decke nicht in ihm, sondern unter ihm, weil ich mich meines Daumenlutschens schämte und nicht wollte, dass es jemand sah.

Eines schnöden Kurtages hatte jemand einen toten Fuchs gefunden, den es aufwändig zu beerdigen galt. So eine Beerdigung fand ich mal ziemlich interessant und war mit dabei, als alle in den Wald liefen. Wie immer leicht abwesend schaute ich in die Wipfel der mächtigen Tannen und erblickte eine Zwergengestalt. Diese Entdeckung teilte ich in euphorischer Aufregung meinem Umfeld mit. Die Kinder nahmen meine ungewöhnliche Information je nach Alter gelassen bis gnädig hin und widmeten sich wieder der Bestattung des Fuchses. Die Betreuerinnen aber vertieften mit ihrer Reaktion mein Misstrauen und meine Zweifel gegenüber der Erwachsenenwelt. Sie fuhren mir mit Geschimpfe über den Kindermund. Wie man nur so einen Unsinn erzählen könne? Was das für eine dumme Lüge sei, Zwerge gäbe es schließlich nicht. Ich schwieg mit ausdrucksloser Miene, aber vor meinem inneren Auge sah ich all die von Erwachsenen für Kinder geschriebenen Bücher mit Zwergengeschichten. Wer log denn da und erzählte Unsinn? Noch heute denke ich beeindruckt an die Erscheinung dieses Erdgeistes, die mich lehrte, jeder Wesenheit mit Respekt zu begegnen.

Auch diesen Respekt hat unsere Kultur so gründlich verlernt, dass wir noch nicht einmal unseren Kindern gestatten, ihren Wahrnehmungen Glauben zu schenken. Während in anderen Kulturen und Naturreligionen selbstverständlich davon ausgegangen wird, dass Geister die Elemente beleben und über Flora und Fauna wachen, sind deren symbolische Vertreter wie Elfen, Zwerge, Kobolde, Nixen in der modernen Gesellschaft zu Kinderbuchgestalten degradiert worden. Wer sie „sieht", dem wird als Kind eine blühende Fantasie bescheinigt. Als Erwachsener erhält man für Wahrnehmungen dieser Art allenfalls eine Bescheinigung zur Kostenübernahme durch die Krankenkasse für die Behandlung von Wahnvorstellungen. Bei den Griechen und Römern durften Erwachsene völlig unverdächtig an Gottheiten der Ozeane, der Flüsse, der Erde, des Windes, des Regenbogens oder des Waldes glauben. Diese Wesenheiten hatten Namen und man zollte ihnen Respekt, indem man achtsam mit der Natur umging. Nun sind sie in der heutigen Zeit zu Fabelwesen verkommen. Wozu die mangelnde Ehrfurcht des technik- und fortschrittgläubigen Menschen unserer Zeit geführt hat, sieht man an unserem ausbeuterischen Umgang mit den Ressourcen und Naturwundern unseres Heimatplaneten. Niemand glaubt mehr an die Rache der Baumgeister, wenn wir den Regenwald erbarmungslos roden. Treffen wird sie uns trotzdem.

Mein nicht enden wollender Appell an alle, die mit Kindern leben: Nehmen Sie alle jungen Menschen, und vor allem die besonders schwierigen, „irgendwie anders gearteten" Kinder bitte ernst in ihren Wahrnehmungen und Gefühlen. Ziehen Sie doch bitte in Erwägung, dass die Kinder, die als defizitär abgestempelt werden, weil sie nicht in die gesellschaftlich festgelegte Funktionsschablone passen, sogar zu mehr in der Lage sind, als alle anderen. Nur weil Sie als Erwachsener Ihr Umfeld weniger vielschichtig erleben, heißt es nicht, dass Ihre Wahrnehmung richtiger ist. Aus spiritueller Sicht haben sich in diesen besonderen Kindern sehr alte Seelen reinkarniert, um noch weitere Erfahrungen zu machen. Und jeder Erwachsene, der merkt, dass das Kind vor ihm bald mehr Weisheit hat, als er selbst, ist schon ziemlich nah dran. Machen Sie sich doch selbst die Freude, Ihr eigenes Erleben nicht als absolut zu setzen. Bleiben Sie neugierig, und lassen Sie sich von der kleinen Hand einmal in Welten führen, von deren Existenz Sie nichts ahnen. Falls Ihnen dadurch der Glaube an Gott und Engel sowie die Achtung vor dem Unerklärlichen und das Staunen über Gottes Werk in der Natur (wieder) geschenkt wird – wie wunderbar! Demut tut dringend not. Auch meine eigene wunde Kinderseele fand Frieden in der Natur.

Zu früh wurde ich mit fünf Jahren in die St. Mauritzgrundschule eingeschult und damit den aus russischer Gefangenschaft wiedergekehrten Lehrern ausgeliefert. Für deren psychische Verfassung habe ich grundsätzlich Verständnis, aber für kleine Kinder bleibt die daraus resultierende Verhaltensweise selbst nicht ohne psychische Folgen. „Pädagogik" von damals wurde zur Erfahrung von Übergriffen und Gewalt und Herabwürdigung. Die rettenden wundervollen Auszeiten im Grünen hatte ich meinem Vater zu verdanken.

Im Gegensatz zu vielen anderen Vätern, die ihre eigenen unverarbeiteten Erlebnisse damals durch entsprechend unbeteiligtes oder strenges Verhalten an ihre Kinder weitergaben, wollte unser Vater eine glückliche Kindheit für seinen Nachwuchs. Was er an Gefühlen nicht zeigen konnte, versuchte er durch Gaben auszudrücken. Ungeachtet der finanziellen Lage kaufte er uns alles. Bis heute habe ich keine Ahnung, wie er es bewerkstelligte, aber sogar ein Ferienhaus im sauerländischen Huxol bei Brilon-Bontkirchen wurde gebaut. Wenn es überhaupt Kindheitserinnerungen gibt, in denen ich so richtig schwelgen kann, dann sind es die von Wochenenden und Ferien im Haus in

Brilon. Auch wenn wir es nicht ganz für uns hatten, denn auf Mieteinnahmen haben unsere Eltern natürlich nicht verzichtet. Hier war die Familie gelöst und entspannt. Wir gingen singend durch den Wald, tobten und lachten. Die Eltern hatten ihre Sorgen in Münster gelassen, wir Kinder genossen den Ausnahmezustand in der Freiheit. Zur fröhlichen Atmosphäre dort gehörte ein gutmütiger Landwirt, der Spaß daran hatte, uns Kinder während unserer Stippvisiten mit allerlei Sprüchen zu necken. Kuh Alma wurde uns als Testerin für die gesammelten Pilze angeboten, denn wenn sie alles auffräße, seien die Pilze essbar. Tiere gehörten zu Brilon. Es gab einen für seinen Wachdienst viel zu freundlichen Hund, und ich teilte mein Bett genauso großzügig wie heimlich mit aufgelesenen Eidechsen.

Auch im Sauerland zog ich oft die Einsamkeit vor. Es gab keine elterlichen Bedenken, uns unter bestimmten Vorgaben allein in den Wald zu lassen, und so genoss ich die beruhigende Zeit am klaren Bach, lauschte seinen plätschernden Geschichten und baute Mooshäuser. Im Sirren der wiegenden Gräser und im sanften Rauschen der Blätter vernahm ich Stimmen, die mir kleinem Menschenkind mit ihren Offenbarungen höherer Zusammenhänge viel zumuteten. Viel anfangen konnte ich damit nicht. Heute weiß ich, dass es zu meiner Vorbereitung gehörte.

Dem Alltag war ich weiterhin nicht gewachsen. Mein Gefühl des kompletten Versagens gegenüber den äußeren Ansprüchen und meine innere Einsamkeit zogen sich schleppend auch durch die weiteren Schuljahre. Ich galt als renitent und schwierig, weil ich mich verweigerte und Dinge äußerte, die man einem Kind nicht zutraute. Ich litt, fühlte mich fremd und nutzlos, und irgendwann verstummte ich konsequenterweise. So saß ich – für damalige Zeiten eine Seltenheit, was muss dieser Schritt für meine Eltern bedeutet haben! – eines Tages vor einem Psychologen. Rückblickend kann ich aus meiner heutigen Erfahrung sagen, dass dieser Mann Einfühlungsvermögen und Fachkenntnis besaß und erkannte, in welcher Seelennot ich steckte. Er schaute meinen Vater ernst an und sagte recht eindringlich: „Wenn Sie sich Ihrer Tochter gegenüber nicht anders verhalten, werden Sie es später einmal sehr bereuen." Aber wo sollten meine Eltern eine andere Einstellung und vor allem Verständnis für mich hernehmen? Es gab also keine Änderung mir gegenüber, und die unschöne Prognose des Psychologen nahm in meiner weiteren Entwicklung zur Jugendlichen tatsächlich Fahrt auf.

2

Als ich 14 Jahre alt war, verlor ich das Refugium in Brilon. Eines Tages rief Vater uns noch vor dem mittäglichen Eintopf im Wohnzimmer zusammen und erklärte, dass die finanzielle Lage ihn zum Verkauf unseres Feriendomizils in der erholsamen Natur zwänge. Da mir bis heute grundsätzlich ein Rätsel ist, mit welchen Mitteln er es hatte bauen und halten können, war diese Entwicklung für uns schmerzhaft, aber im Nachhinein natürlich nicht überraschend. Dass ich mittlerweile mit meiner Familie auch in Münster in einem eigenen Haus wohnte, konnte mich über den Verlust im Sauerland nicht hinwegtrösten. Die Wohnungsgesellschaft Deutsches Heim hatte günstiges Bauland und gute Konditionen für nicht so begüterte Familien in Münsters Stadtteil Coerde angeboten. Zudem erhielten kinderreiche Ehepaare Zuschüsse. Meine Eltern griffen zu. Schweigen wir aus Höflichkeit gegenüber den Träumen meiner Eltern lieber darüber, ob das Haus, das da entstanden war, in irgendeiner Weise als schön bezeichnet werden konnte. Ich fand es grau und kastig und zu eng und schmucklos. Aber es hatte einen Garten, der nur uns gehörte. Bislang hatten wir in den Resttrümmern des zerbombten Münsters gespielt. Hausruinen und Straßenstaub dienten als Kulisse und Bühne für Kinderaktivitäten. Als ich mit 14 Jahren meine Puppe im eigenen Garten auf das Fleckchen Rasen setzte, das sich auf dem Mutterboden am Rohbau ausbreitete, rief meine Mutter erstaunt: „Bist du dafür nicht schon zu alt? Seit wann spielst du wieder mit Puppen?" Ich schaute auf meine Puppe und rief zurück: „Einfach, weil ich sie jetzt endlich mal ins Gras setzen kann!"

Die Bauphase bedeutete für Vater und Mutter eine erneute Belastung, die ihnen Zeit für uns Kinder raubte. Trotzdem haben sie bei aller Arbeit, Sorge und kleinem Portemonnaie viel gefeiert. Sie hatten durch den Krieg erfahren, was der Verlust eines Alltags in Frieden bedeutet und lebten die Erleichterung und keimende Lebensfreude, wo immer es sich bot. Weniges genügte, um einen Namenstag oder ein anderes Ereignis gebührend zu feiern. Etwas Limonade, erschwingliches Bier, gestreckte Frikadellen und Musik – selbst meine eher bedrückte Mutter tanzte ausgelassen ihren Sorgen davon.

Apropos tanzen: Die Nachbarn mit Ballett-Töchtern und Klavier spielenden Söhnen gab es in dem neuen Stadtteil allerdings nicht mehr. Sozial betrachtet lebten wir nun eher in einer gesellschaftlichen Randlage. Beschäftigte sich mein gleichaltriges Umfeld früher mit dem Problem der richtigen Markenjeans, so trugen die Probleme hier die Namen Gewalt, sexuelle Übergriffe, Geldnot. Mittlerweile hatte ich meine gesetzlich vorgeschriebene körperliche Anwesenheit in einer Bildungseinrichtung in die Fürstin-von-Gallitzin-Realschule verlagert. Auch hier einigte ich mich umgehend mit den Lehrern darauf, dass weder sie noch ich diesem Umstand auch nur geringste Freude abringen konnten. Sofern ich nicht schnöden Lippenbekenntnissen der Glaubensvertreter ausgesetzt war, fand ich allerdings in der Religion – ob Unterricht oder Kirchgänge – immer noch Halt und Sinnhaftigkeit. Obwohl mich die Geistige Welt auch jetzt noch in einer Art Aura-Kokon schützte, durch den ich Geschehnisse nur verzögert und verzerrt wahrnahm. Als Heranwachsende in Pubertätswirren fühlte ich mich dem Alltagsleben nun noch schonungsloser ausgesetzt. Ich passte weiter nirgendwo hin. Wenn ich mitsprechen wollte, schauten mich meine Schulkameradinnen nach einer Weile merkwürdig an. Was immer ich an adäquater Unterhaltung beisteuern wollte, geriet von selbst zu offenbar unangemessenen Vorträgen über die Tiefen des Lebens. Die Flucht in Kinderwelten gelang nicht mehr, aber es prasselten trotzdem weiter all die Eindrücke aus meinem Umfeld ungefiltert auf mich ein. Ich wollte das nicht mehr. Nicht länger so viel mehr sehen, nicht mehr hellfühlen und -hören, mich nicht mehr wunddenken, zweifeln, am Leben versagen und mich mit meiner ganzen Persönlichkeit so unglaublich einsam fühlen. Die Pubertät bot Energie zur Rebellion. Was hätte ich auch sonst tun können, um all den Druck aus mir heraus zu lassen?

Familienbande erwiesen sich in dieser Situation als sehr nützlich. Eine meiner Tanten hatte einen englischen Offizier geheiratet und lebte mit ihm in England. Ich fühlte das dringende Bedürfnis, dieser Tante nicht ganz uneigennützig meinen heimatlichen Beistand zukommen zu lassen, und sie lud mich sogar ein. So stand ich also mit knapp 16 Jahren in der Stadt mit den ältesten Partnerschaftsverbindungen zu Münster: York. Kann sich jemand vorstellen, was für eine Offenbarung das für mich bedeutete? Die verhuschte, biedere Halbwüchsige aus dem konservativen westfälischen Umfeld mitten in der brodelnden Jugendkultur der 60er Jahre in England. Lange habe ich nicht gestanden, nein, ich zog los mitten hinein in die Swingin' Sixties. Wilde Musik, langhaarige Männer, kurzberockte Frauen, Drogen, und ein unbändiger Drang nach persönlicher Freiheit machte sich schrill und exzentrisch Luft. Und ich war dabei und tobte mittendrin meine wilde Sehnsucht nach Selbstfindung aus.

Mein Vater tobte bei meiner Rückkehr übrigens auch. Aber erst, nachdem er mir zunächst die Tür vor der Nase zugschlagen hatte, weil er mich mit kurzen roten Haaren, dem Extrem-Minirock und dem July Driscoll nachempfundenen dramatischen Augen-Make-up schlichtweg nicht erkannte. Da mir als Kind jede Form von entgegenkommenden und auffangendem Verständnis verwehrt worden war, kam nun die geballte pubertäre Provokation. Den Warnungen des Psychologen zum Trotz beschloss meine Mutter, dass es nun endgültig für mich an der Zeit sei, ein vorzeigbares und angepasstes Leben zu führen, nahm mich von der Schule und steckte mich in eine Lehre. Eine ziemliche Lehre wurde uns damit dann allen zuteil.

Der Chef des Kunstgewerbegeschäfts bewies trockenen Humor, als er mich am ersten Tag meiner Lehre fragte: „Findet diese Vorführung jetzt jeden Tag statt?" Dabei schaute er auf mich herab. Nicht aus Arroganz, sondern weil ich der Länge nach auf dem Boden lag. In den wäre ich vor Peinlichkeit auch gerne komplett versunken. Tapfer schüttelte ich meinen hochroten Kopf. Ich war vor lauter Aufregung und Reizüberflutung an meinem ersten Arbeitstag in Ohnmacht gefallen. Wie ich mich fühlte? Elend, denn wieder war ich offensichtlich den Anforderungen des Lebens nicht gewachsen. Nichts hätte ich mir sehnlicher gewünscht, als dass es auch mir zugedacht gewesen wäre, das Abitur zu machen und zu studieren. Psychologie hätte mich brennend interessiert. Ich trug schwer daran, aufgrund meines schwierigen Wesens das „Nichtskönnerin"-Image anscheinend zu Recht zu tragen, und stand nun von jetzt auf gleich in einem unerwünschten Lehrverhältnis.

Ich will nicht ungerecht sein: Das Geschäft „Permanente" in Münsters Herzen, dem berühmten Prinzipalmarkt, kam meinem Sinn für schönes Ambiente sehr entgegen. Das schlicht-funktionale skandinavische Design der Waren für Wohnbereich, Mode oder Geschenkartikel war damals noch außergewöhnlich. Aber nun datierte der Beginn meiner kaufmännischen Lehre ausgerechnet vor Weihnachten. Da kämpfte ich nun im ungewohnten Trubel mit all dem Neuen. Zwischen dem Auspacken der Waren, Auspreisen und Kundenandrang wurde ich meiner ungefilterten und überbordenden Wahrnehmungen einmal wieder nicht Herr. Jedes Detail war Information – ich litt fürchterlich unter dem Gefühl, eine nicht definierbare Persönlichkeitsdisposition zu haben.

Die Verunsicherung wurde durch meinen Chef noch vergrößert. Es zeigte sich rasch, dass er zwar an dem Arbeitseinsatz seiner Lehrlinge als Mädchen für alle leidigen Nebenaufgaben Interesse hatte, nicht aber daran, durch gute praxisorientierte Ausbildung der ihm anvertrauten jungen Menschen zu glänzen. Das hatte zwei unangenehme Dinge zur Folge. Zum einen fürchtete ich nach dieser Erkenntnis die irgendwann unweigerlich auf mich zukommende Prüfung, zum anderen respektierte ich meinen Chef so gut wie gar nicht. Duckmäusertum ist mir fremd. Ich ließ ihn also bezüglich meiner Meinung über seine Qualitäten nicht im Unklaren, fürchtete aber gleichzeitig ständig die unangenehmen Konsequenzen, die einem im Arbeitsalltag bereitet werden können. In der Einzelhandelsschule hingegen schlug ich mich erstaunlich gut.

Die Auswirkungen der 68er-Bewegung zogen ins beschauliche Münster ein. Protestaktionen der Studierenden begleiteten in einigen Fällen sogar medienwirksam die Geschehnisse in der Provinzhauptstadt. Ein erstaunlich öffentlicher Drogenumschlagplatz etablierte sich ausgerechnet mitten in der City an der Kirche St. Lamberti rund um den gleichnamigen Brunnen.

Nur wenige Schritte trennten mich in der Mittagspause und nach Ladenschluss von dieser bunten Gruppe junger Menschen, deren Erscheinung mich sehr an die kurze freie Phase während meines Englandaufenthaltes erinnerten. Als eine an den unerbittlichen gesellschaftlichen Normen gescheiterte Jugendliche zog mich das Außergewöhnliche magisch an. Ich umkreiste die „Szene", und gestand mir absolut ein, die samstäglich dort in Rudeln versammelten Oberstufenschüler mit frecher Kleidung und noch kesseren Blicken auf mich aufmerksam machen zu wollen. Hier musste doch ein Platz für mich sein. Zwischen so vielen Paradiesvögeln und Unangepassten in einem Dunst süßlich riechender Rauchschwaden sah mein Freigeist eine Chance auf Zugehörigkeit.

„Meinen" Abiturienten Klaus habe ich allerdings dann doch nicht direkt am Lambertibrunnen kennengelernt. Aber immerhin überkam mich dort eines Samstagsmorgens das drängende Gefühl, mich in das geplante Abendvergnügen meiner Begleiterinnen einklinken zu müssen. Sie sprachen von einem Konzert in einem sonst recht verschlafenen Örtchen namens Borghorst. „Ich komme mit!" hörte ich mich zu meiner eigenen Überraschung in einem Ton sagen, der keinen Widerspruch duldete. Die Mädchen warfen sich befremdliche Blicke zu, und waren später über meine Gesellschaft noch weniger angetan, als ich mich in unübersehbarer „Hier Venus! Wo Mars?"-Aufmachung in den vollen Kleinwagen quetschte. Auch meine Eltern hatten ihre liebe Not mit meinem Erscheinungsbild und meinem Lebenswandel. Das Ausleben meiner Sehnsucht nach Verwirklichung auf der einen Seite und das Alltagsleben als Auszubildende auf der anderen kostete mich Anstrengung. Obwohl es mich mit Macht auf einen Weg zu mir selbst drängte, von dem ich wusste, dass er meinen Eltern nicht geheuer war und den ich auch nicht wirklich hätte benennen können, versuchte ich auf anderer Seite weiterhin, die Gunst meiner Mutter zu bekommen. Ich tat alles, um sie zufriedenzustellen, aber mein töchterliches Bemühen fruchtete wenig. Das lag einfach daran, dass sie mich nicht so akzeptierte, wie ich war. Was auch immer ich vorhersehend und zuvorkommend abfing und aus dem Weg räumte, ich konnte nicht erfüllen, was sie sich am meisten wünschte. Ich war nicht das, was sie unter normal verstand.

Rein äußerlich befand ich mich auf dem Weg zur jungen Erwachsenen, innerlich schmerzte nach wie vor die Frage, wer ich eigentlich war, was ich in und mit meinem Leben sollte, ob ich jemals Ruhe und seelische Heimat finden würde. Mein Geistführer war mir längst nicht mehr so präsent wie in Kindertagen. Beschützt und begleitet hat er mich trotzdem die ganze Zeit. Aber die Geistführung weiß einfach, wann sie sich besser ein bisschen im Hintergrund hält, und das sind meistens die Phasen, in denen wir urmenschliche Erfahrungen machen (müssen). Und wo wir gerade dabei sind, kann ich – bis das Auto mit uns Mädchen beim Konzert in Borghorst angekommen ist – die Zeit dazu nutzen, Ihnen mehr über die Geistführung zu erzählen.

Einen Geistführer haben Sie seit Ihrer Geburt auch. Er kennt Ihren spirituellen Lebensplan und hilft Ihnen dabei, diesen auch zu erfüllen. Unsere Seele hat sich vor der Inkarnation vorgenommen, bestimmte Erfahrungen zu machen, und so sucht man sich das Leben und das Schicksal aus, was einem genau diese Erfahrungen ermöglicht. Es mag Ihnen zunächst abstrus vorkommen, aber selbst die Mitmenschen um uns herum „spielen" nach unserer jenseitigen Absprache bestimmte Rollen (und umgekehrt tun wir das auch), die wir jeweils für unsere Erfahrungen benötigen. Die Geistführung ist an unserer Seite und meldet sich, wenn wir unser Ziel aus den Augen verloren haben. Sie erinnert und lenkt uns, indem sie auf Optionen aufmerksam macht oder Wege vorschlägt. Sie schützt und begleitet, aber sie wird nie intervenieren oder zwingen. Unser Handeln unterliegt – ob zu unseren Gunsten oder Ungunsten – unserem freien Willen. Auch Engel und Verstorbene sorgen in ähnlicher Weise für uns, warnen in gefährlichen Situationen oder spenden uns Kraft durch ihre Energie, wenn wir uns in schwierigen Phasen befinden. Vielleicht gehören Sie auch zu denen, die das deutlich fühlen. Vielleicht könnten Sie schwören, dass damals in Ihrer Sorge um Ihr krankes Kind jemand bei Ihnen stand, den sie fast körperlich fühlen konnten. Seien Sie gewiss, dann war da auch jemand. Oder wenn Sie den Eindruck haben, dass in einer verhakten Angelegenheit plötzlich alles wie von selbst geht, und Sie aus dem freudigen Staunen über all die glücklichen Wendungen gar nicht herauskommen, dann haben Sie viel jenseitige Hilfe erhalten. Revanchieren Sie sich! Auch Geistführer und liebe Verstorbene hören ein herzliches Dankeschön und ein aufrichtiges Gebet für sie gern. Das Gebet für Verstorbene hilft ihnen, sich weiterzuentwickeln, denn unser seelisches Reifen hört auch nach dem Tod nicht auf.

Wer eine bildreiche Vorstellungsgabe besitzt, der wird sich peinlich berührt fragen, ob die jenseitigen Herrschaften pietätvoll genug sind, bei gewissen Verrichtungen des Lebens, die keinen anderen etwas angehen, vor der Tür zu bleiben. Ich kann sie beruhigen: Ihre verstorbene Großmama, mit der Sie in angespannten Lebenslagen immer noch so vertraut sprechen (und die Ihnen auch zuhört und hilft), sitzt nicht mit auf Ihrer Bettkante, wenn Sie Damen- bzw. Herrenbesuch haben. Auch steht sie nicht mit Ihnen oder gar dem Herrn/der Dame unter der Dusche. Das interessiert die Vertreter der Geistigen Welt nicht. Es ist die Entwicklung Ihrer Seele, über die sie wachen.

Von Geistführern könnten wir eine Menge über Teamfähigkeit lernen, denn neben Ihrem Hauptgeistführer begleitet sie eine ganze Schar dieser freundlichen Helfer. Je nach Lebensphase oder einer neuen Aufgabe in Ihrem Leben werden Ihnen diejenigen näher sein, die zu ihren eigenen Lebzeiten auf diesem Gebiet tätig waren, und die anderen Geistführer treten etwas zurück. Wenn Sie zum Beispiel einen Lehrauftrag erhalten, werden sich frühere Gelehrte zu Ihnen gesellen und Ihnen bei der Ausarbeitung Ihrer Inhalte und Strukturen hilfreich sein. Falls Sie Ihr Interesse für Kräuter entdeckt haben und ihnen eine überraschend wohlschmeckende und angenehm wirkende Teemischung gelingt, hat von den Verstorbenen wahrscheinlich ein Mönch, eine mittelalterliche Heilerin oder ein Apotheker Freude daran gehabt, Ihnen Ideen einzugeben. Vielleicht auch alle drei zusammen. Die Geschichte ist voll von Erfolgswundern, die dadurch geschahen, dass sich einige Menschen zusammenfanden, die von denselben Visionen beseelt waren. Wenn dann großartige Bands unvergessliche Musik machen, Computertechnologien ganz neue Welten eröffnen oder bahnbrechende medizinische Fortschritte uns von quälenden Leiden befreien, dann ist eins völlig klar: Während Menschen ihre findigen Köpfe zusammensteckten, hat es um sie herum nur so gefunkt und gebrummt vor all den Energien ihrer Geistführer, die sich ebenfalls miteinander austauschen und absprechen können. Ich kann mir vorstellen, dass sie jeweils genauso eifrig und erfreut waren, ihr uraltes Wissen durch Zeichen, „Zufälle" und Eingebungen in die neuen Projekte einbringen zu können. Sie hatten dabei übrigens den unbedingten Vorteil, Kaffee zum Wachbleiben weder holen noch wieder wegbringen zu müssen.

Wer also plötzlich sein künstlerisches Talent entdeckt und merkt, wie gut ihm das gerade als Ausdrucksmöglichkeit tut, kann gewiss sein, dass ein entsprechend geprägter Geistführer an seine Seite getreten ist und Impulse gibt und leitet. Sie fragen sich vielleicht: „Wie soll das bitte gehen? Denn ohne wenigstens einen für uns sichtbaren Finger kann ein noch so ambitionierter Geistführer schließlich nicht auf Pinsel und Leinwand oder ein Klavier deuten." Die Geistige Welt arbeitet mit Energie. Sie haben das sicher schon gespürt, auch wenn Sie sich das nicht bewusst gemacht haben.

Zwei Beispiele, wie ein Geistführer Sie zu Malerei oder Musik bringen kann:

Der Impuls, durch die kleine Gasse zu gehen und nicht wie üblich auf der Hauptstraße, das Gefühl, sich plötzlich zwanghaft umblicken zu müssen.

Und nun Ihre Reaktion auf die Impulse in Worten, die Sie so ähnlich bestimmt schon einmal zu jemandem gesagt haben: „Nie gehe ich durch diese Gasse, und dann bin ich einfach einem Impuls gefolgt. Da hat so ein nostalgisches Café aufgemacht, und ich wollte mich dort umsehen. Nach dem Bestellen fiel mir die kleine Bilderausstellung auf. Es gab Flyer mit Kursen für Aquarellmalerei. Die ganze Atmosphäre war so stimmig, ich habe mich spontan angemeldet."

„Stell dir vor, ich musste mich neulich auf dem Markt einfach umschauen und erblicke wie aus dem Nichts meine alte Musiklehrerin. Wir sind so nett ins Gespräch gekommen. Sie hat mich zu einem ihrer kleinen Klavierkonzerte zu sich nach Hause eingeladen. Komisch, neulich in der Hotellobby hat es mich schon so gejuckt, auf den Tasten zu klimpern."

Wenn sich etwas „wie von Geisterhand fügt", mag tatsächlich die Geistführung einen sanften Energiewink gegeben haben. Da sitzt man gelangweilt an einer Bushaltestelle, und plötzlich wirbelt ein Blatt im Windstoß hoch. Man schaut ihm nach und der Blick fällt auf das Plakat für ein Reiseziel, das man schon so lange im Herzen hatte. Sieh an, ein Vortragsabend mit der Möglichkeit, die nächste Tour mit Gleichgesinnten zu buchen. Die Geistführung tut uns solcherlei Gefallen nicht, damit wir endlich einmal nach Hawaii kommen und sie unsichtbar mit in der Hängematte schaukelt. Sie kennt unseren Weg und hilft, damit wir auf dem Lebensweg unsere Seelenerfahrungen machen können.

Zurück also zu meiner vergleichsweise eher kurzen Autoreise nach Borghorst. Für mich war sie im Nachhinein mindestens so aufregend wie Hawaii. Am Steuer saß Klaus, dessen Blick im Rückspiegel ständig den meinen suchte. Klaus hatte gerade sein Abitur gemacht und sonnte sich – selbst Drummer einer Band – in der Gunst der Mädchen. Auch ich war schwer fasziniert von ihm und sendete die entsprechenden Signale. Er sah mit seinen langen mittelblonden Haaren und funkelnden Augen gut aus. Sein Spitzname „Happy" war Programm. Wir tanzten und flirteten so heftig beim Konzert, dass wir die anderen kaum wahrnahmen. Zum ersten Mal Herzklopfen, zum ersten Mal verliebt – ich hoffte auf Erwiderung und hatte Glück. Wir wurden ein junges Liebespaar. Nicht nur das: Wir verlobten uns später sogar. Witzigerweise hatten unsere beiden Väter eine Fahrschule, meiner in Münster, seiner im Vorort Münster-Amelsbüren.

Klaus gefiel sich in der Rolle des coolen Musikers mit einem entsprechenden nächtlich orientierten Lebenswandel, der durch die Freiheit zwischen Schulabschluss und Universitätsbeginn begünstigt wurde. Aber unsere Beziehung nahm er ernst. Für ein sich langsam auf die bislang unbekannten

Gebiete der Liebe begebendes Mädchen konnte es keinen einfühlsameren, ehrlicheren und verständnisvolleren ersten Partner geben. Für einen winzigen Moment machte mein Leben einen stabileren Eindruck und Sinn. Auch existenziell ging es unserer Familie besser, nachdem meine Mutter die Finanzen von Vaters Fahrschule in die Hand genommen hatte. Ich zog in beachtenswerter Aufmachung mit Klaus durch die Nächte. Als Stammgäste der Diskothek „Eule" trafen wir uns regelmäßig mit der Musikerszene Münsters. Udo Lindenbergs Angebot, bei ihm als Go-go-Girl zu arbeiten, lehnte ich mit Blick auf sein merkwürdiges Gebaren ab. Er lag mir nicht. In den Szenenächten floss der Alkohol reichlich. Mir selbst schmeckte Bier nicht, ich nippte maßvoll an Alternativen. Die intensive Zeit der ersten Liebe im prickelnden Nachtleben fand ein jähes Ende. Klaus ging wegen seines Studiums nach Braunschweig. Wir trennten uns.

So zog ich weiter ohne ihn durch die Nächte. Eines Abends, als ein erster und ein folgender Joint kreisten, dachte ich schulterzuckend: „Warum nicht?" Mit fatalen Folgen. Mag sein, dass meine Zeitgenossen abwinkend auf ihre damalige Kiffer-Phase zurückblicken und heute damit längst nichts mehr zu tun haben. Für sie gehörte es halt dazu, und sie konnten damit umgehen wie man auch maßvoll mit Alkohol umgehen kann. Für mich von Dauerüberreizung geplagten Menschen aber offenbarte sich etwas Wunderbares: Ich war ausgeschaltet. Die Zeit stand still. Alles geschah langsamer. Ich vergaß Details und fand das erheiternd. Tiefenentspannt empfand ich endlich – Ruhe! Alle Chakren blockiert, Stefanie in Watte gepackt und nicht mehr auf Empfang. Wun-der-bar! Der Cannabis-Konsum gehörte damit zu meinem Alltag. Zu dumm nur, dass jedes Mal, wenn die Wirkung verflog, meine Probleme nicht nur wieder auftauchten, sondern sich durch meine langen Nächte und die Rauschphasen, den Anforderungen der Lehre und den Schwierigkeiten mit den Eltern noch potenzierten. Es funktionierte gar nichts mehr. Auch Haschisch konnte letztendlich nicht dauerhaft all meine ungefilterten Wahrnehmungen abstellen. Warum empfand ich nur weiterhin alles so verzerrt? Statt mich selbst zu fühlen, fühlte ich nach wie vor die Emotionen der anderen mit. Während sie auf mich einredeten und ich konfus zurücklächelte, entlarvte ich ihre wahren Beweggründe oder ihre Traurigkeiten. Ich hatte stets das Gefühl, mich und meine Mitmenschen in mehreren Dimensionen gleichzeitig zu erleben und blieb in der Kühle meiner inneren Einsamkeit. Wie oberflächlich mir alles erschien. Verlangte ich von den Altersgenossen zu viel? Warum nur lebte ich nicht einfach fröhlich mit? Ich konnte mich mir selbst nicht erklären, geschweige denn jemand anderem. Das Leben war zu anstrengend.

Nicht leben – dieser Gedanke huschte mir kurzfristig auch als effektive Lösung für meinen Zustand durch den Sinn. Ich steckte in einer schweren Identitätskrise. Ich trudelte mit 17 durch Nächte und Diskotheken und Privatpartys, bei denen es neben Chips und Salzstangen reichlich Alkohol und Drogen gab.

Nun ja, wer gewisse Gesellschaft sucht, sollte sich nicht wundern, wenn sie auftaucht. Da stand ich eines verworrenen Abends in irgendeiner Wohnung in Münster in der Küche und unterhielt mich mit einem Roma-Pärchen. Das hatte mich eingeladen, obwohl es dort gar nicht selbst wohnte. Der männliche Gastgeber hatte zwar eine geradezu erschreckend magnetische Anziehungskraft, aber ich hätte ihn zunächst nicht unbedingt als wie auch immer geartete Liebesbeziehung erwogen. Dennoch konnte ich das Gespräch kaum sinnhaft aufrechterhalten, weil mich die Faszination so in den Bann schlug. Etwas Kraftvolles haftete ihm an, er strahlte etwas Animalisches aus, besaß etwas nicht nur im sexuellen Sinne Verführendes. Mein Innerstes reagierte auf diesen Fremden mit einer erschreckenden Bedingungslosigkeit. „Probier' mal", sagte er wie nebenbei, als er mir ein buntes Papierchen reichte. Er hielt dabei meinen Blick fest und seine suggestive Stimme donnerte wie Glockenhall in meiner Seele. Wie hätte ich anders gekonnt? Ich griff zu, deponierte das Blatt auf meiner Zunge und entschwand in meinen ersten LSD-Trip.

Natürlich hatte ich schon von LSD gehört. Von so genannten Horrortrips und von den im positiven Verlauf unvorstellbar bizarren psychedelischen Effekten. Ich hatte an diesem Abend keine Erwartungen bezüglich kreisender 3-D-Bilder oder knallfarbiger Verzerrungen. Aber ich hatte in eines der fürchterlichsten Erlebnisse meines ganzen Lebens eingewilligt. Als die Drogenwirkung begann, fühlte ich mich wie an die Wand genagelt. Ich konnte mich nicht mehr rühren, obwohl ich schreiend weglaufen wollte. Der verzerrte Anblick der eben noch interessant plaudernden Frau offenbarte mir eine Hexengestalt. Mein Hals wurde eng, ich rang nach Atem. Mein Herz raste, mein Puls überschlug sich, als ich aus den Augenwinkeln etwas Riesiges und irreal intensiv Plastisches wahrnahm: Der faszinierende Mann war – mich packte entsetzliches Grauen – zum Teufel mutiert. Dabei handelte es sich keinesfalls um erträgliche Standard-Vorstellungen vom Teufel etwa wie er im Theater dargestellt würde. Vor mir stand das bebend atmende und mit glitzernden kleinen Augen lauernde archetypische Ebenbild des Teufels in seiner ungehemmten Urmacht. Gewaltige gewundene Widderhörner umrahmten seinen massigen Schädel. Die Präsenz des riesigen haarigen Körpers erdrückte mich förmlich in meiner Bewegungslosigkeit. Der Pferdehuf entwuchs auf skurrile Art dem Küchenboden und verband sich mit seinem Besitzer, umspielt von der kräftigen Schwanzquaste. Fragte ich ihn laut oder in Gedanken? Ich wollte wissen, ob es Wahnvorstellung oder Wahrheit war: „Bist du der Teufel?" Sein irreal in meinem Kopf dröhnendes und gleichzeitig zischendes „Ja!" werde ich nie vergessen. Bis heute bekomme ich Gänsehaut, wenn ich daran denke. Rühren konnte ich meine Gliedmaßen weiterhin nicht, aber in mir kam eine Bewegung auf, und zwar in die rettende Richtung. Ich fing in tiefster Angst und Not an zu beten. In dem Moment, in dem ich mich auf das Göttliche konzentrierte, verlor der Teufel vor mir die Macht über mich. Ich fühlte mich geschützt und gehalten. In diesem Gefühl geborgen hielt ich den Eindrücken des LSD-Trips stand, atmete wieder regelmäßiger und hatte den Mut, mit geschlossenen Augen das Ende des unerträglichen Wahnsinns abzuwarten. Als ich blinzelte, war das skurrile Paar verschwunden. Mir war ein klarer Augenblick beschert, in dem ich zwei dringende Bedürfnisse wahrnahm. Ich musste aus dieser fremden Wohnung raus, und ich musste auf Toilette. Sinnvollerweise erledigte ich Letzteres zuerst, dann wankte ich mit dem einen Fuß und schwebte mit dem anderen in Richtung Wohnungstür. Bei dieser befremdlichen Gangart erwies sich das Abstützen an der Wand als äußerst hilfreich.

Ich habe keine Ahnung, wie ich nach Hause kam. Aber ich bin mir sicher, dass mein strapazierter ägyptischer Geistführer wieder einmal seine Aufgabe wunderbar meisterte. Seine Wärme hat mich begleitet und geschützt. Im Nachhinein wurde mir bewusst, in welcher Gefahr ich mich bei dieser Grenzerfahrung befunden habe und bin ihm für seinen Schutz zutiefst dankbar. Ich schlich mich unbeschadet in mein Zimmer und fiel erleichtert ins vertraute Bett. Gönnen Sie mir an dieser Stelle die Zeit, mich aus meiner LSD-Verwirrung wieder in die Realität einzufinden. Währenddessen erläutere ich

Ihnen einen wichtigen Zusammenhang für das tiefere Verständnis von der Ambivalenz der medialen Fähigkeiten und von der Entscheidung des Mediums, für das Licht oder den Schatten zu arbeiten.

Sie werden mir, auch wenn Sie sich nicht mit Spiritualität, Hellfühligkeit und Medialität befassen, in einem zustimmen: Das Umfeld, in das man sich begibt, hat Einfluss auf das eigene Ich. Diese Erkenntnis ist so alt wie menschliche Sozialsysteme. Sie steckt in den Mahnungen von Eltern, die beunruhigt fühlen, dass der gewünschte solide Lebensweg ihres Kindes durch falschen Umgang in Gefahr geraten könne. Sie steckt im Unbehagen, das man in bestimmten Gegenden fühlt, die unsauber und bedrohlich wirken, ohne dass man sich genau erklären könnte, was der Grund ist. Die Meinung, dass man düstere Spelunken, Orte der Zuhälterei, des Drogenkonsums und Spielhöllen meiden sollte, mag man zwar als bürgerliche Gesellschaftsnormen abtun, aber dahinter steckt mehr. Überall dort, wo der Mensch nicht mehr in der Lage ist, sich frei für lichtvolle Wege und Taten zu entscheiden, ist die Seele in Gefahr. Es geht nicht um Spießermoral, sondern um die Gesundheit der Seele und ihre Entwicklung zum Höheren. Das wird niemand erreichen, der durch seine Lebensumstände gezwungen ist seinen Körper zu verkaufen, gewalttätig zu sein, zu betrügen oder seine Sucht zu befriedigen.

Für Medien birgt das Wissen um die hellen und dunklen Seiten des Lebens noch eine andere Dimension. Oft sind gerade sie es, die auf ihrem spirituellen Weg besonders bezüglich der Ernsthaftigkeit und Aufrichtigkeit ihrer Absichten geprüft werden. Selbst Jesus, eines der bekanntesten Medien, musste sich dieser Prüfung unterziehen, als ihn nach 40 Tagen Fasten in der Wüste, also in einer Zeit größter Schwäche, der Teufel mit lockenden Angeboten in Versuchung führte.

Auch Sie selbst kennen das Phänomen, dass auf ihrem eingeschlagenen Weg gegensätzliche Kräfte auf Sie einwirken und Sie über kurz oder lang reflektieren, ob Sie noch auf eigener Linie sind und eventuell nachjustieren müssen. Wie funktioniert das?

Nach dem Gesetz der Resonanz (oder auch Gesetz der Anziehung genannt: Gleiches zieht Gleiches an), ziehen wir Menschen zunächst dasjenige in unser Leben, womit wir uns beschäftigen, wofür wir brennen. Das haben Sie auch schon gemerkt, wenn Sie anfangen, sich für etwas Neues zu interessieren. Wie ein Magnet zieht man „Zufälle" an, und bekommt Kontakt zu

Menschen, die von Ähnlichem bewegt sind wie man selbst. Insofern müssten sich die Teilnehmer meiner Ausbildungsseminare zum Jenseitsmedium eigentlich freuen. Wir richten uns auf das Helle, Positive aus und bitten Gott um Unterstützung, anderen aufrichtig helfen zu können und mit unserer Arbeit dienlich zu sein. Nach dem Gesetz müssten meine Schüler wie von selbst immer heller werden und das Gute in sich und um sich potenzieren.

Es gibt aber noch ein anderes Gesetz, und das ist das Gesetz der Polarität (oder Gesetz des Gegensatzes). Alle Menschen begegnen – sehr virulent übrigens in den Lebensphasen, in denen sie sich für eine neue Ausrichtung entscheiden – Situationen und Menschen, die ihnen das Gegenteil lockend vor Augen führen, sie also quasi wieder verunsichern. Auch das ist Ihnen bekannt. Ein ganz banales Beispiel: Verkünden Sie Ihrem Umfeld, dass Sie eine Diät machen, und zählen Sie einmal, wie viele Zeitgenossen Ihnen mit den Worten „das eine Stück wird doch nicht schaden!" eine Torte unter die Nase halten. So ziehen spirituelle Menschen, die meditieren, sich der Energiearbeit widmen und deren Aura immer strahlender wird, eben nicht nur Lichtwesen an. Auch Wesenheiten der Dunkelwelt nähern sich fasziniert und versuchen, von dieser Energie zu profitieren und sich diese nutzbar zu machen. Diese Wechselwirkung finden Sie als Grundmotiv in fast jeder Heldengeschichte wieder. Der Gute gerät an das Böse. Ob Buch oder Film, man fiebert mit, ob der Held darauf hereinfällt oder seinem ehrwürdigen Ideal treu bleibt. Nichts anderes erleben wir unbewusst täglich. Meine Seminarteilnehmer fühlen sich besonders gefordert von dem Eindruck, dass ihr Weg zum spirituellen Wirken von unnötigen Ärgernissen und Problemen im Alltag geradezu gepflastert ist. Unbeirrt trotz aller Widerstände im göttlichen Licht zu bleiben – nicht nur Jesus hat es uns vorgelebt. Dennoch habe ich während meiner eigenen Ausbildung Medien kennengelernt, die ganz offen zu ihrer Freude an Manipulation, Macht und Zwietracht standen. Natürlich funktioniert deren Arbeit auch. Denn wenn diese Seelen sich entschieden haben, diese Erfahrung zu machen, gehört das zu ihrem Lebensplan und kein Geistführer würde da eingreifen. Er schaut mehr oder minder gelassen zu. Auch wenn er vielleicht manches Mal gern seine nicht mehr vorhandenen Händen über dem ebenfalls materiell nicht vorhandenen Kopf zusammenschlagen würde. Mehr, als mit ihren Zeichen mahnen, kann die Geistführung nicht. Es gilt der freie Wille des Menschen und seine Verantwortung für alles, was er tut, und alles, was er lässt. Spätestens bei Betrachtung seines Lebensfilms im Sterbeprozess muss er sich seinem Gewissen stellen. In meiner Verantwortung als Ausbilderin verpflichte ich meine Seminarteilnehmer vertraglich, ihre Fähigkeiten ausschließlich zum Dienst für das Licht einzusetzen. Das Schutzgebiet gegen dunkle Verfehlungen ist eines der wichtigsten Elemente unserer Arbeit.

Dass die persönlichen Lebenswege vieler Medien selbst von leidvollen Erfahrungen, Schwierigkeiten oder auch eigenem Fehlverhalten geprägt sind, steht dazu in keinem Widerspruch. Nur wer weiß, wie es ist „unten" zu sein, kann auf Augenhöhe helfen, ohne zu verurteilen. Wer selbst unbefleckt durch ein idyllisches Spielfilmleben kam, wird mit den schamhaft vorgetragenen Schuldgefühlen und vermeintlichen Verfehlungen seiner Klienten nicht liebevoll umgehen können. Zur Arbeit mit Ratsuchenden gehört auch ein gewisses Maß an Lebenserfahrung.

Lebenserfahrung – ein gutes Stichwort, um mich am Morgen nach dem erwähnten LSD-Trip wieder beim Kaffee anzutreffen. Von Erfahrungen hatte ich nun eine gehörige und unangenehme Portion mehr. Die Psychologie würde mit Blick auf meine Teufelswahrnehmung von der Begegnung mit einem Archetypus des menschlichen Bewusstseins sprechen. Indem meine eigenen Anteile des Bösen, Animalischen und Instinkthaften Gestalt annahmen wurde mir verdeutlicht, dass wir alle in einer Dualität unserer Persönlichkeit, unserer Charaktereigenschaften leben. Wir entscheiden, welcher Seite wir uns zuneigen. Das Drogenkapitel in meinem Leben war mit dieser Begegnung leider noch nicht zu Ende. Nachdem ich das schockierende Erlebnis nicht als Warnung verstand, sondern als falsch gelaufenen Trip abtat, stand weiteren Mitteln zur Dämpfung meiner Überreizungen nichts im Wege.

Auch wenn ich damals schon von meiner Medialität gewusst hätte, wäre das kein Alibi für Drogenkonsum gewesen. Natürlich weiß man von indigenen Kulturen, dass sich Männer und Frauen in entsprechenden heilenden oder schamanischen Positionen bestimmter bewusstseinserweiternder Substanzen bedienen. Das tun sie traditionell, wenn sie sich in den Dienst ihres Stammes stellen und die Ahnen oder Gottheiten kontaktieren. Aber hier halten sich diese Rituale in den tradierten Grenzen. Wenn Heilerinnen oder Schamanen ihre Schüler mit diesen Rauschmitteln vertraut machen, ist das nicht vergleichbar mit dem freien Rauschmittelkonsum unserer Zivilisation und unserer Zeit. Der private Drogenkonsum als purer Spaßfaktor ist auf Dauer schädigend und gefährdend. Dazu zähle ich auch den gesellschaftlich fast akzeptierten gewohnheitsmäßigen Alkoholgenuss, vor dem ich meine Seminarteilnehmer nicht oft genug warnen kann. Das hat nichts mit Bewusstseinsweiterung, sondern mit Realitätsflucht zu tun. Da sind wir wieder bei den dunklen Seiten des Lebens. Die durch Substanzen bequem erreichte Entspannung und Heiterkeit kann einen teuer zu stehen kommen und ist von so kurzer Dauer, dass die Einnahme ständig wiederholt und gesteigert werden muss. Wer sich wirklich nach Erleuchtung und Freiheit sehnt, erreicht das nachhaltig durch tradierte Praktiken wie Fasten, Gedanken-Hygiene, Beten, Achtsamkeit und Meditieren sowie aktives Körperbewusstsein.

Auf solche hilfreichen Ideen wäre ich damals nie gekommen. Stattdessen watete ich weiter im Drogensumpf. In dem versuppte dann auch unrettbar meine zwischenzeitlich aufkeimende Idee vom Fachabitur. Meine Lehrzeit hatte ich trotz allem erstaunlich gut absolviert und konnte auch mein Prüfungszeugnis zur Einzelhandelskauffrau ohne Bedenken vorzeigen. Später arbeitete ich übrigens noch in einer innerstädtischen Buchhandlung, und das sehr, sehr gern, sowie anschließend bei einem Optiker nur wenige Straßen weiter.

Mittlerweile war ich 18 und was lag näher, als in der Fahrschule meines Vaters den Führerschein zu machen? Das Verhältnis zu meinen Eltern stand weiterhin unter dem unschönen Einfluss meines ebenso unschönen Lebenswandels. Machen wir es kurz: Es war zum Zerreißen gespannt, und jeder Umgang geriet zur Nagelprobe. Unter welchen Vorzeichen der Fahrunterricht stand, kann sich jeder in buntesten Farben ausmalen. Die elterlichen Vorhaltungen fuhren quasi jedes Mal mehr oder weniger stumm mit. Wenn Vater mich anwies, in den Rückspiegel und über die Schulter zu blicken, reagierte ich pubertär bockig. War meinem Vater je bewusst, dass in meiner Seele immer noch der unbeantwortete Ruf eines Kindes nach Anerkennung und Liebe hallte? Dass mein inneres Kind immer noch auf seine Bedürfnisse aufmerksam machen wollte? Selbst wenn – auch ich hätte an Stelle meines Vaters dieses erwachsene, kratzige Etwas von Tochter nicht mehr umarmen können. Abgesehen davon war es ihm weiterhin per se nicht gegeben, Liebe auszudrücken. Die Situation eskalierte ausgerechnet im Ludgerikreisel, einem schon in der 70er Jahren hektischen innerstädtischen Verkehrsknotenpunkt. Da der zweispurige Kreisverkehr noch Busse zu verkraften hatte und Radfahrer in Münster per Geburtsrecht alle Verkehrsregeln außer Kraft setzen, fordert es selbst gewieften Autofahrern ein gewisses Geschick ab, auf die innere Spur und rechtzeitig wieder heraus zu kommen. Im Feierabendverkehr platzte meinem Vater in einer heiklen Situation der Kragen, und er herrschte mich an: „Ja, wenn man wilde Partys feiert, darf man sich nicht wundern, wenn man sich nicht konzentrieren kann!" Damit hatte er natürlich ins Schwarze getroffen. In blinder Wut stieß ich mitten im Kreisel die Autotür auf, sprang aus dem Wagen und ließ meinen erschöpften Vater im Hupkonzert stehen.

Was tut mir das alles im Nachhinein leid! Was müssen meine Eltern gebangt haben! Und Mutter legte nimmermüde gute Worte für mich bei Vater ein. Immerhin bestand ich die Fahrprüfung dann im ersten Anlauf. Danach beschädigte ich allerdings unbekümmert einige seiner Fahrschulwagen. Ohne zu fragen schnappte ich mir die Autoschlüssel, und da man im zugekifften Zustand nun wirklich nicht über genug Verkehrstauglichkeit verfügt, bremste ich sicherheitshalber mit dem Kotflügel am Garagentor. Mein Vater fand den demolierten Wagen am nächsten Morgen mit weit offenstehender Fahrertür vor. Dass ich zumindest den Schlüssel abgezogen hatte, brachte mir erstaunlicherweise keine mildernden Umstände.

3

Mit 18 zog ich aus. 1972 mietete ich mich bei einer von ihrem Arztgatten getrennt lebenden Frau im Stadtteil Rumphorst ein, der an den Stadtteil Coerde grenzt, in dem mein Elternhaus steht. Die Ex-Frau eines Arztes wohnte im obersten Stock eines großen Hochhauses an der Telemannstraße, und ich genoss die Wahnsinnsaussicht über Münster. Die alleinerziehende Mutter eines etwa fünfjährigen Mädchens führte ein lockeres Leben. Der Rotwein floss reichlich, und sie ließ mich ungefragt und ungehemmt Zeugin ihres munteren Liebeslebens werden. Mir konnte das nur recht sein. Sie interessierte es wenig bis gar nicht, wenn ich zugedröhnt in meinem Zimmer lag. Auch hier fanden mich wieder die Visionsgestalten der dunklen Seite in mir und schreckten mich mit ihren Forderungen. Kichernd und schmeichelnd versprachen mir die Gestalten einen unbändigen Spaß und ewig währendes Glück, wenn ich das Kind im Nebenraum umbrächte. Ich lag starr vor Entsetzen über die Zwangsgedanken, die sich in mir ausbreiteten. Heute weiß ich, dass ich durch die Hölle musste, um eindringlich und nachhaltig vor Drogen und ihren Folgen zu warnen, aber auch betroffenen Menschen zu helfen. Wenn man nicht weiß, wie sich das anfühlt, weiß man auch nicht, wie man sich einfühlt. Viele Medien machen auf verschiedenen Themengebieten harte Erfahrungen. Es dient der Demut und dem Verständnis für sogenannte Schwächen. Von oben lässt sich leicht predigen. Wer das Unten kennt, reicht in Liebe die Hand. In meiner Situation damals wurde ich wieder aufgefangen. Meine guten Helfer schickten mir das Bild des niedlichen Mädchens, das mich engelsgleich fragte, was es bloß getan hätte, dass es umgebracht werden soll. Ich gruselte mich vor all dem Bösen, denn Kinder liebte und liebe ich bis heute über alles.

In mir meldete sich wieder der Wunsch nach der Arbeit mit Menschen. Wenn schon nicht Psychologie, dann doch vielleicht Pädagogik? Meine Bewerbung um das Jahrespraktikum in der Kindertagesstätte Hacklenburg hatte Erfolg. Ich wurde eingestellt und erhielt bei Beendigung ein aussagekräftiges Zeugnis, auf das ich stolz sein konnte. Auch hier fühlte ich mich wohl, denn die Hacklenburg verstand sich als ein typischer „Kinderladen" der 70er Jahre. Die Eltern trugen die Einrichtung selbst und engagierten sich bei der Ausarbeitung von pädagogischen Konzepten für freie, selbstbestimmte Kinder und gegen die kritisierten bürgerlichen „Unterdrückungsinstrumente" der regulären Kindergärten, der Schule und der bürgerlichen Familien. Man ließ mich gleichberechtigt mitwirken, und der Umgang mit Kindern machte mir große Freude.

Aber ich wurde krank. Ernsthaft krank. Meine Mutter hatte schon lange vorher vergeblich versucht, mich durch Maßnahmen wie häusliches Einsperren vom Drogenkonsum abzuhalten, und mein verzweifelter Vater fragte immer wieder müde und hoffnungslos: „Warum gehst du diesen Weg?" Nun war ich freiwillig bereit, mich wieder ihrer Fürsorge anzuvertrauen, denn mir blieb nur diese Chance auf Rettung. Ich wog noch 45 kg, verlor meine Haare und konnte vor chronischer Müdigkeit nichts Sinnvolles mehr zustande bringen. Als ich es vor Schmerzen in der Körpermitte nicht mehr aushielt, brachte mich ein Rettungswagen ins St. Franziskus-Hospital. Als Ursache meiner Kolik wurde ein Gallenwegstau schnell gefunden. Aber man fand noch etwas Schlimmeres: Ich hatte Hepatitis.

Meine Familie bangte um mich, es sah schlecht aus. So schlecht, dass bereits der Priester zu mir gekommen war. Meine tapfere Mutter musste meinen apathischen Vater mit Macht zu mir schicken. „Verstehst du denn nicht?", fragte sie ihn, „Stefanie stirbt. Du musst dich doch von ihr verabschieden." Es war still in der Isolation des Zimmers. Ich war schwach, müde und schlief viel. Es gibt kurze Erinnerungen an Vitamin B-Spritzen, Röntgen und Punktion. Ein Tropf lief. Ich atmete flach und sah durch halb geöffnete Augen im Halbdunkel meinen Vater schräg neben meinem Bett sitzen. „Jetzt", dachte ich, „egal, was mit mir wird, aber eines werde ich noch erleben, dass mein Vater mir hier in der Stille sagt, dass er mich liebt." Voller Erwartung hoffte ich sogar auf eine Berührung, auf eine Umarmung im Angesicht des nahenden Todes und die liebevolle väterliche Zuwendung. Was danach mit mir passierte, war mir egal. Mein Vater wurde unruhig, bewegte sich. Mein Herzschlag wurde kräftiger und aufgeregter, ein Lächeln stahl sich in mein Gesicht. Da sprang mein Vater so ruckartig auf, dass der Stuhl mit einem unschön schrappenden Geräusch nach hinten rutschte, und rannte aus dem Zimmer. Ich war allein mit der Gerätetechnik und der Gewissheit: Ich kann machen, was ich will, sogar sterben, mein Vater kann mir seine

Liebe nicht zeigen. Eine bodenlose Enttäuschung ergriff mich und machte mich leer und schläfrig.

„Willst du leben?", fragte meine Geistführung. Die Frage taumelte durch meine Benommenheit, und ich fühlte von fern die Bedeutung in ihr. Als ich das nächste Mal die Augen öffnete, war es Nacht geworden. Mattes Licht fing sich im klaren Inhalt des Tropfes. Ich sah dem Tropf beim Tropfen zu, oder folgte mit teilnahmslosem Blick den Umrissen der wenigen Dinge in dem Zimmer. Dabei suchte ich in meinem Kopf nach einem verlorenen Anhaltspunkt. War da nicht eine klare Frage gewesen? Wer hatte sie gestellt? Als ich unbeteiligt abschweifte und mir sicher war, ich hätte mir etwas eingebildet, heulte ein Wolf. In Münster. Vor einem großen Krankenhaus. An einer städtischen Hauptverkehrsstraße. Die Geistige Welt hat schon sehr eigenwillige Formen, Bestätigungen zu schicken. Das Wolfsgeheul war dermaßen deutlich für mich, es konnte nur ein Zeichen meiner Geistführung sein. Eine übellaunige Krankenschwester schied als Möglichkeit genauso aus wie Fernsehen oder Radio. Mein Geistführer wollte eine Antwort. „Ich will leben", flüsterte ich mit schmerzhaft trockenen Lippen.

„Ihre Leberwerte haben sich gebessert", informierte mich der Arzt am nächsten Tag mit Blick auf meine Unterlagen. Dann schaute er auf und hielt meinen Blick prüfend fest. Es lag eine Mischung aus Strenge und Wohlwollen in seinem Gesichtsausdruck. „Fühlen Sie sich insgesamt besser?" Ich nickte. „Ein kleines bisschen, tatsächlich, ja", antwortete ich schwach. In mir sammelte sich etwas wie Kraft oder Aktivität oder Entschlossenheit. „Wir sind noch weit davon entfernt, Sie über dem Berg zu haben", fuhr der Arzt fort, aber wir haben berechtigte Hoffnung, dass wir zumindest schon einmal winzige erfolgreiche Schritte gemacht haben." Jetzt lächelte er und legte mir die Hand auf den Arm. „Machen Sie weiter so, Stefanie, und stellen Sie sich auf einen langen Weg zur vollständigen Gesundung ein." Drei Jahre, dachte ich, es werden drei Jahre sein. Das hatte mir mein Geistführer gesagt. Drei Jahre, um einigermaßen wieder auf den Beinen und in meinem neuen Leben angekommen zu sein. Seit jener Nacht war meine Drogenzeit ein für alle Mal vorbei.

Die geistige und seelische Aufarbeitung dauerte verständlicherweise bedeutend länger. Natürlich verlangte ich von mir selbst eine Art Rechenschaft. Was waren die Gründe? Wie ist das in meinem Leben einzuordnen? Was ist da passiert und warum? Heute kann ich das Fazit ziehen: Es kamen verschiedene Faktoren zusammen und da kreuzte eine vermeintliche Lösung meinen Weg, deren Gefahr ich unterschätzte. Das einsame, sonderbare Kind in mir, die unbändige Sehnsucht nach gezeigter Elternliebe, meine quälend überreizten Sinne und die mir nicht bewusste Suche nach einer Seelenheimat – das alles diente dem Drogenkonsum als geeigneter Nährboden. Heißt „Sucht" nicht, dass ein Mensch etwas „sucht"? Auf spiritueller Ebene wollte/sollte ich die Erfahrungen machen. Nicht nur, um ihre teils erschreckenden Tiefen auszuloten, sondern auch, um meine eigene Stärke zu erleben, da wieder herauszufinden. Es war auch wichtig für meine mediale Arbeit, tiefes Verständnis und Mitgefühl zu erhalten für das, was so schnell als menschliches Versagen oder charakterliche Abgründe abgewertet wird. Ich war quasi vor Ort und habe mich dort umgeschaut. Und ich habe Einblicke bekommen in die Kräfte, die jeweils für Licht und Schatten wirken. Das wusste ich damals aber alles noch nicht. So litt ich während meiner Genesungsphase und Aufenthalten im Sanatorium unter meinen Schuld- und Schamgefühlen und meinem schlechten Gewissen, so viel familiären Schaden angerichtet zu haben. Meine Mutter hatte es ja immer gewusst, dachte ich frustriert und resigniert.

Es dauerte wirklich drei Jahre, bis ich wieder einigermaßen auf der Höhe war. Eine bewusste Bilanz hatte ich damals zum Neustart im Beruf nicht gezogen, aber im Rückblick kann ich sagen, dass ich mich recht beachtlich entwickelt hatte. Meine Genesung machte Fortschritte. Die Isolation während der Aufenthalte in Sanatorien war für mich nicht einfach gewesen und hatte mich reifen lassen. Hier und da traute ich mir kleine Jobs zu. Meine Mutter bestand darauf, dass ich mich den einschlägigen Drogenkreisen entzog, worauf ich für sechs Monate auf Sylt in der Kurverwaltung arbeitete. Nach meiner Rückkehr wohnte ich weiterhin zwecks Stabilisierung bei meinen Eltern. Mit meinen Arbeitszeugnissen konnte ich mich durchaus sehen lassen. Das einzig Irritierende in meinem Leben blieb meine Art, mehrspurig alles auf einmal zu denken und die anstrengende Hellfühligkeit, die ich damals noch nicht beim Namen nennen konnte. Obwohl ich im tiefsten Inneren wusste, dass es unmöglich etwas damit zu tun haben konnte, legte ich diese Erscheinungen als Folgen der Drogenphase aus und hoffte, sie würden endlich verschwinden. So richtig fest stand ich also noch nicht in meinem Leben. Aber neben meiner gesundheitlichen und sozialen Festigung gab es zwei Faktoren, die mich unendlich glücklich machten: Ich war clean, und ich lernte in einer Disco meine große Liebe Brian kennen, dessen Eltern aus Jamaika stammten und in England lebten.

Am 1. Januar 1976 trat ich meine neue Stelle als Telefonistin und Dolmetscherin bei den britischen Streitkräften an.

Den gutbezahlten Job hatte ich meiner Mutter zu verdanken. Sie war mit einer Fahrschülerin meines Vaters, einer Irin, ins Gespräch gekommen. Von ihr erfuhr sie, dass die britische Armee noch Personal suchte und gab mir den Tipp sofort weiter. Als Deutsche empfing man mich in den Nelson Barracks an der Grevener Straße nicht gerade mit offenen Armen. Um es konkret auszudrücken: Auf meinem Telefonhörer prangte auch schon einmal ein aufgemaltes Hakenkreuz. Das tangierte mich noch nicht einmal besonders. Ich nahm die Ablehnung und Skepsis zur Kenntnis, hatte aber gleichzeitig das Gefühl, dass es mich gar nicht betraf. Wie auch? Bei meiner Empathie für Menschen und ihre Nöte lag mir nichts ferner als nationalsozialistisches Gedankengut. Gleiches galt für mein Elternhaus. So dauerte es auch nicht lange, bis wir 16 Kolleginnen im Telefondienst nicht nur gut miteinander auskamen, sondern geradezu eine verschworene Gemeinschaft wurden. Wir Frauen haben viel miteinander gelacht, uns einiges anvertraut und stets geholfen. Wir arbeiteten sogar unseren Schichtplan selbst aus, wobei wir die Arbeitszeiten so sinnvoll verteilten, dass für jede von uns lange Freizeitintervalle möglich wurden. Neben dem guten Verdienst und den Zulagen ein weiterer höchst angenehmer Umstand. Nun wohnte ich auch in einem Appartement an der Kettelerstraße und damit in der Innenstadt. Später zog ich mit Brian zusammen zum Katthagen um. Wer Münster kennt, der weiß, dass ich damit in unmittelbarer Nähe zum nächtlichen studentischen Treiben wohnte und nur wenige Schritte von der angesagten Diskothek „Odeon" entfernt. Wunderbare Voraussetzungen für das Leben einer Mittzwanzigerin.

Ich blühte förmlich auf in meinem beruflichen Wirkungskreis. Während das damals noch etwas schwerfällige Münster trotz Universität noch nicht so wirklich international dachte und empfand, badete ich sozusagen acht Stunden am Tag in von verschiedenen Nationen gesprochener englischer Sprache. Ganz wie das „Fräulein vom Amt" alter Spielfilme nahm ich Anrufe entgegen, fragte nach dem Verbindungswunsch und stöpselte die gewünschten Telefonkontakte zusammen. Mit aufgesetzten Kopfhörern und mit einem freundlichen „Hello, Military Münster, can I help you?" vermittelte ich Telefonate nach Zypern oder Malta oder fragte einen Teilnehmer mit einem „Are you accepting the call?" nach seinem Einverständnis, die Kosten für ein R-Gespräch zu übernehmen. Neben Briten hatte ich ebenso Kontakt zu Kanadiern, Amerikanern und Australiern. Somit befand ich mich mitten im beschaulichen Westfalen – und gleichzeitig in aller Welt. Dass alle Menschen gleich seien, hatte ich bislang nur als Lippenbekenntnisse erfahren. Hier lebten wir es. Meine Unbeschwertheit resultierte vor allem daraus, dass ich in diesem Multikulti mit meinen Eigenheiten nicht besonders auffiel. Wir feierten ausgelassene Partys, kochten zusammen oder gingen ins Odeon, wo Brians Band spielte. Wir wurden zu britischen Weihnachtsfeiern oder in die Offiziersmesse eingeladen, wo es nach englischen Duftzigaretten roch und alles an Speisen und Alkoholika serviert wurde, was der Navy-Shop an heimischen zollfreien Waren für Armee-Angehörige zu bieten hatte.

Aber es gab auch die langen, ruhigen Nachtschichten, in deren Stille es zwischen uns Frauen zu tiefen Gesprächen kam. Ihre Fröhlichkeit im Alltag und bei Feiern war geliehen und währte nur so lange, bis ein Abmarschbefehl ihre Männer in den Kriegseinsatz schickte, oder sie mit ihren Familien wieder einmal an einen anderen Standort versetzt wurden. Mir war gar nicht bewusst, wie oft ich in unseren intensiven Nachtgesprächen offenbar Dinge sagte, die meine Kolleginnen erstaunten. Feste Worte der Zuversicht genauso wie überzeugende Warnungen vor bestimmten Situationen. „Woher weißt du das?", wurde ich anfangs erstaunt gefragt. Rasch aber hatten meine Kolleginnen schlichtweg festgestellt, ich sei „psychic", und teilten mir das in freundlicher Bewunderung mit. Im Deutschen würde man diesen Begriff spontan mit „psychisch" in Verbindung bringen, aber im Englischen bedeutet „psychic" medial veranlagt, also ein Mensch mit übersinnlicher Wahrnehmung zu sein. Dass dieses Persönlichkeitsmerkmal von meinen Kolleginnen so selbstverständlich thematisiert wurde, empfand ich als irritierend und wohltuend zugleich. Während Medien in Deutschland immer noch in die Rechtfertigungsecke gedrängt werden, kann man in England Gottesdienste besuchen, bei denen sich anschließend Medien den gewünschten Jenseitskontakten oder Lebensfragen widmen. Ein so genanntes „reading" (also im Wortsinn eine „Lesung") bei einem Medium zu buchen, ist in England nicht befremdlich. Für meine Kolleginnen war Hellfühligkeit offensichtlich nicht exotischer als die Tatsache, dass jemand braune Haare hat oder besonders gut malen kann. Es tat mir gut, dass die Frauen mir vertrauten und meinen Rat einholten. Allerdings wäre ich nicht im Entferntesten darauf gekommen, mediale Fähigkeiten zu haben. „Psychic" zu sein setzte ich unbewusst gleich mit einer Mischung aus Menschenkenntnis, Empathie und den richtigen Riecher für Situationen. Denn nach wie vor konnte mir kein Blender etwas vormachen. Wie früher in der Schule entlarvte ich sofort Halbwahrheiten und Getue, blickte mühelos hinter die Fassaden von aufgesetzten Mienen und wusste von den wahren Beweggründen hinter schönem Gerede. Die Phänomene meiner Kindheit und Jugend hatten nicht nachgelassen. Zeitweilig hatte ich sogar den Eindruck, meine Reaktionen auf die Eingebungen entzögen sich etwas meiner Willenskontrolle. So teilte ich einer Freundin nach unserem gemeinsamen Besuch in ihrem Elternhaus mit, dass ihr Großvater in zwei Tagen sterben würde. Ich sehe jetzt noch ihren konsternierten Gesichtsausdruck vor mir. Dabei wollte ich wie immer aus tiefsten Herzen hilfreich sein und sie auf den Abschied vorbereiten (der auch zwei Tage später kam).

Denkwürdig für mich wie für ihn war auch die Begegnung mit einem jungen Türken. Mit einigen Freunden standen wir Schlange und warteten auf Einlass in die Diskothek „Eule". Ein, zwei Leute vor mir stand der junge Mann. Mit einem Mal musste ich zwanghaft einem Impuls folgen, und so beugte ich mich weit nach vorn. Eine Hand legte sich dem Mann auf die Schulter – zu meinem Schreck handelte es sich um meine eigene. Bevor ich darüber nachdenken konnte, zog ich mich etwas näher an ihn heran und hörte mich leise sagen: „Ist doch klar, dass du unglücklich bist. Du hast Gott verlassen. Kehre zurück, und dein Leben wird gut." Seinen Gesichtsausdruck zwischen „Hat die noch alle Tassen im Schrank?" und „Wieso weiß die das?" werde ich nie vergessen. Dabei hatte ich ihm noch nicht einmal mitgeteilt, dass seine verstorbene Großmutter hinter mir stand und diese Botschaft zu vermitteln wünschte. Zwar war ich über das plötzliche Geschehen genauso überrascht, amüsierte mich aber gleichzeitig über die Betrachtung meiner selbst als die Telefonistin, die außerhalb ihrer Dienstzeit einen Kontakt herstellte. „Kann ich mal mit dir reden?", fragte der junge Mann betroffen. Und so hielt ich – komplett ahnungslos über das, was da geschah – vor einer

Diskothek mein erstes mediales Reading.

Krieg, Angst, Tod und Gewissensfragen begleiteten, ob in Worte gefasst oder unausgesprochen, unsere tägliche Arbeit bei der Britischen Armee. Meine Geistführung wollte, dass ich mir das alles ansah, ein Gefühl für den Umgang mit solchen bedrückenden Lebensumständen erhielt und mir das Thema Sterben und Tod vertraut machte. Es verfolgte mich geradezu. Als ich eine Freundin in der Nähe von Frankfurt besuchte, gingen wir abends in einen damals sehr angesagten Club. Mir blieb nicht lange Zeit, um den Eindruck von vollendetem 70er Jahre Chic, Trendmusik und zahlungskräftigem Publikum zu genießen. Mitten im Flair der Unbeschwertheit stand vor mir plötzlich ein junger Schwarzer aus einem Ghetto in New York, der sichtlich mit dem krassen Unterschied seiner Herkunft und dem Club-Ambiente kämpfte. „Ich habe wenig mit Weißen zu tun", sagte er statt einer Begrüßung. „Aber ich habe das Gefühl, wir sind hier miteinander verabredet." Wir sprachen beinahe drei Stunden lang intensiv miteinander und tauschten viele tiefe Erfahrungen und Weisheiten unserer eigentlich noch recht jungen Leben aus. Natürlich ging es auch hier um die Themen, die man selten und schon gar nicht in einem Club bespricht. Einen unbekannten „Feind" erschießen zu müssen, heißt nichts anderes, als einen unbekannten Mitmenschen zu töten, um den andere unbekannte Menschen bitter trauern. Wie wird man mit diesem Irrsinn fertig? Meine Zeit in der Armee bewirkte, dass ich mir später das Buch „Everyone's Guide to the Hereafter" (frei übersetzt: Jenseitsführer für jedermann; eine deutsche Fassung habe ich bislang nicht gefunden) von Ken Akehurst kaufte. Ich wollte den Tod besser verstehen.

Wenn man wie ich 1954 in Münster geboren wurde, war außer einer gediegenen Alltagsfrömmigkeit eine andere Sache ebenfalls extrem von Vorteil. Man blieb auch noch 25 Jahre später bei der Partnerwahl besser bei den Kandidaten der eigenen Hautfarbe. Das galt aber nicht nur für Münster. Schwarze waren zu Beginn der Sechziger allenfalls als Musiker gestattet oder als Angehörige der Besatzungsmächte. An der Seite einer weißen Frau jedenfalls brachte das ihrer kompletten Familie ziemlich viel – sagen wir – Aufmerksamkeit der interessierten Gesellschaft. Mein schwarzer Freund Brian war übrigens beides: Musiker und als solcher Angehöriger der in Münster stationierten britischen Streitkräfte, die mich als Telefonistin und Übersetzerin eingestellt hatten.

Die Liebe ist, was die Vermeidung gesellschaftlicher Schwierigkeiten bei der Partnerwahl anbelangt, bis heute erfreulich uneinsichtig geblieben und schert sich nicht um Verurteilungen, wann sie denn „richtig" und wann sie „falsch" sei. So war mein Herz also Brian zugeflogen, und sein Herz hatte sich auf den Weg zu mir gemacht. Mit dieser Tatsache konfrontiert entfiel meiner gläubigen Mutter vor Überraschung doch dummerweise der Bibelpassus „Vor Gott sind alle Menschen gleich". Zu ihrer Ehrenrettung muss ich sagen, dass es ihr später wieder einfiel, und sie gern unsere Hochzeit mitfeierte. Mein Vater muss mich sehr geliebt haben, denn trotz aller Vorbehalte gab er mir schließlich seinen Segen. Natürlich habe ich Verständnis für die Schwierigkeiten, die meine Familie und mein soziales Umfeld mit uns schwarz-weißem Paar hatten. Wir sind alle in einer bestimmten Zeitspanne in einem bestimmten Gesellschaftssystem sozialisiert und sowohl Nutznießer als auch Opfer ihrer Ansichten und Regeln. Dass es diese von der Gesellschaft ausgegrenzten Opfer nicht mehr gibt, können wir nur dann gemeinsam erreichen, wenn jeder einzelne von uns einfach nicht mehr be- und verurteilt.

Haben Sie übrigens Interesse, daran mitzuwirken? Jesus hat uns da eine ganz einfache Anleitung hinterlassen. Schon sind wir wieder bei der Liebe.

Sollten wir dem Ansehen von Brians Familie in deren Umfeld ähnliche Schwierigkeiten wie meiner bereitet haben, ließ es mich keiner merken. Im Gegenteil, vor allem Brians Mutter Mary gab mir nicht nur ihre Liebe, sie gab mir auch den Schlüssel zu meinem wahren Selbst zurück.

Dazu musste ich sie erst einmal kennenlernen, und das wurde natürlich noch vor der Hochzeit der immer drängendere Wunsch von Brian. Oktober 1981 war es soweit. Wir reisten nach Birmingham. In meinem apfelgrünen Ledermantel und mit leichtem Reisegepäck ging ich an Brians Hand halb beklommen, halb erwartungsvoll an den vielfältig gestalteten und liebevoll gepflegten Vorgärten einer multikulturell bewohnten Siedlung entlang. Mit Herzklopfen stand ich schließlich vor seinem rot gestrichenen Elternhaus, in dem er mit fünf Geschwistern aufgewachsen war. Brians Familie war aus Jamaika eingewandert und hatte erfahren müssen, dass Einwandererfamilien täglich mit Rassismus konfrontiert wurden. Umso unangenehmer war mir zumute. Ich war nicht nur die erste Freundin, die Brian mit nach Hause brachte, sondern auch noch eine Weiße. Da öffnete Mary die Tür, sah mich aufmerksam an, und ihr unverfälschtes freundliches Lächeln verwandelte meine Beklommenheit sofort in eine tiefe Sympathie für diese, mir noch völlig unbekannte Frau.

„Herzlich willkommen, wir waren gespannt auf dich. Stefanie, right?", begrüßte sie mich auf Englisch. „Wir freuen uns alle, dich kennen zu lernen. Aber nun kommt erstmal herein. Come in!" Während sie sprach, hatte sie schon ihren Sohn umarmt. Dabei musste sich die eher kleine Mary mächtig auf die Zehenspitzen stellen. Gleich wandte sie sich wieder zu mir: „Nur damit du es gleich weißt, der Chef hier im Ring bin ich!" Das sah Brians Vater David, der nun auch erschien und uns freundlich begrüßte, denn doch vielleicht noch etwas anders. Aber was Heim und Herd anbelangte, führte Mary unbestritten das Regiment.

Ich fühlte mich sofort wohl und in der Familie aufgenommen. Ein Gefühl, dass sich die nächsten Tage noch intensivieren sollte. Brians Geschwister – vier Schwestern und ein Bruder – machten mir meine Ankunft in der Familie genauso leicht wie seine Eltern. Ich gehörte einfach dazu. Selbstverständlich wurden die Anstandsregeln eingehalten. Ich schlief in einem der Kinderzimmer und Brian im Wohnzimmer auf der Couch. Außer diesem „Livingroom" mit Erker, in dem wir viel miteinander plauderten, gab es noch wie in Deutschland die gute Stube, die nur für besondere Anlässe genutzt wurde. Der Einrichtung mangelte es nicht am Notwendigen, aber es gab auch keinen Anflug von Luxus. Vater David war traditioneller Jamaikaner, der von seinem Geschäft dort seine Familie nicht mehr hatte ernähren können. Hier in England arbeitete er schwer als Fabrikarbeiter am Hochofen im Schichtdienst. Die Familie vermietete noch Zimmer, um die Haushaltskasse aufzubessern. Die Rechnungen steckten säuberlich auf einem Spieß und wurden pünktlich beglichen. Mary wog den Reis ab, um bloß nichts zu verschwenden. Meine späteren Schwiegereltern (Mary war 16 als sie heirateten) brachten es mit Fleiß und Umsicht trotz der sechs Kinder und der späteren Leukämie-Erkrankung von David zu einigem Wohlstand. Sie waren sparsam, gläubig, eher konservativ in der Kleidung und voller Anstand.

Eines Mittags saß ich bei Mary in der Küche, zu deren Beleuchtung eine nackte Glühbirne der „Chefin im Ring" völlig ausreichte. Sie lief zwischen Vorratskammer und Herd hin und her und bereitete eine ihrer köstlichen Mahlzeiten zu. Mary erwähnte später, dass sie nach einer Nahtoderfahrung ihre Spiritualität vertieft habe und auch Vegetarierin geworden sei. Was sie zubereitete, war nicht einfach Essen, sondern Seelennahrung. Es duftete nach herrlichen Gewürzen, Kokos und frischem Öl. Mary zauberte geradezu mit Kochbananen, Süßkartoffeln und Reis, servierte Avocados und Fisch. Selbst der einfache Familienklassiker Macaroni and Cheese geriet bei ihr zur Delikatesse.

Mary stellte eine Pfanne auf den Herd, suchte ein Messer und griff nach den Zwiebeln. Ihr Blick fiel auf mich, sie lächelte nachdenklich und ließ Gemüse und Messer langsam wieder sinken. Mary sah mich lange voller Wärme und Mitgefühl an, dann sagte sie in die Stille: „You look like a lost Red Riding Hood." Und fügte leise, aber um so eindringlicher hinzu: „You have to find your way back to God." Das traf mich bis ins Mark. Ich bot also das Bild eines verlorenen Rotkäppchens. Mary sagte nicht, dass ich meinen Weg zu Gott finden müsse, sondern dass ich *zurück*finden müsse. Warum mich das so dermaßen umhaute? Noch nie zuvor hatte mich jemand so intensiv wahrgenommen.

Sie hatte recht. Während andere mit 27 Jahren doch zumindest eine Grundvorstellung von ihrer Persönlichkeit entwickelt hatten und ihr Selbstbewusstsein weiter reifte, hatte ich mich auf dem Lebensweg verloren. Schlimmer noch: Ich hatte mittlerweile aufgegeben, mich zu suchen. Von außen betrachtet unterschied ich mich nicht von anderen jungen Frauen in meinem Alter. Münsters Trend-Boutique „Hasard", Second-Hand Shops und Fundstücke vom Flohmarkt waren ebenso Gesprächsthemen wie Musik und TV-Sendungen wie etwa der Beat Club. Am Wochenende zog ich durch die angesagten Diskotheken Odeon, Eule und das Jovel. Meine Wohnung bot Raum für meine Clique samt Nachwuchs, und wir kochten, liebten Grillfeten und internationale Partys. Immerhin war ich auch wirklich verliebt.

Aber im tiefsten Inneren wusste ich nicht, wer ich war, was ich war und wozu ich war. Niemand in meinem Umfeld stellte so sehr die Sinnhaftigkeit seiner Existenz auf den Prüfstand. Um mich herum machten alle den Eindruck, sie wüssten wer sie sind, was sie tun, und dass ihre Zukunftspläne tragfähig seien. Ich aber dachte, es könne doch nicht Sinn des Lebens sein, geschätzte 70 bis 89 Jahre einen mehr oder minder vorgegebenen Alltag zu durchlaufen und zu sterben. Ich war nicht lebensmüde, aber ratlos. Fühlte mich ankerlos, treibend, machte mit, aber war nie dabei. War einsam unter anderen. Wie hinter einer dicken Wattewand suchte und tastete ich nach dem Eigentlichen, nach einer Essenz, einer Wahrheit. *Der* Wahrheit.

Ich war gefangen in einem „Nicht-ins-Leben-finden" und versuchte, diese manchmal schier unerträgliche Disposition zu ignorieren. Heute hat man Begriffe dafür und selbst nicht Betroffene wissen, dass es solche Mitmenschen gibt. Aber zu meiner Zeit war von hypersensibel und hypersensitiv noch nicht die Rede. Ein Schicksal, das auch ältere Hochbegabte teilen. Mir war, als mangele es an Filtern in Kopf und Seele. Alles nahm ich viel zu hell, zu laut, zu deutlich war. Weiterhin wusste ich manchmal erschreckend klar, was meine Mitmenschen dachten. Das wiederum nahm sofort Einfluss auf meine Gefühle. Natürlich regte ich mich auch über Mitmenschen auf, aber ich verstand meist den Anlass für ihr unschönes Verhalten, und sehr oft waren es ihre eigenen inneren Nöte und Unsicherheiten. Ständig trieb mich mein Mitgefühl an, zu helfen statt verärgert zu sein. Dann gab es Phasen, in denen ich aus dem Irgendwo Zeichen, Hinweise und Botschaften erhielt von Wesenheiten, die mir nicht weniger real erschienen als meine Geschwister oder Kollegen. Es kostete mich größte Anstrengungen, diese „Einbildungen" zu ignorieren und sie mit logischen Begründungen für solche „Zufälle" aus meiner Wahrnehmung zu verbannen. Ich war auf merkwürdige Weise anders, fühlte mich nicht richtig eingerastet ins eigene Leben. Ich versuchte, mitzumachen und mir nichts anmerken zu lassen. Hätte ich nur geahnt, wie nahe ich mir selbst eigentlich mit diesen Empfindungen war, hätte ich Gott um Hilfe bei der Suche nach mir gebeten. Aber auch der Glaube meiner Kindertage entsprach mittlerweile mir selbst: existent, aber nicht gelebt.

Marys Bemerkung durchfuhr mich nun wie ein Blitz. Mein Kopf schnellte hoch, ich starrte sie an. Da stand der erste Mensch, der mich *erkannte*. Wieso wusste sie, was mit mir los war? Der nächste Gedanke brachte ungläubiges Staunen und Hoffnung mit sich: Ich war nicht länger allein! Wenn Mary mein Verlorensein sah, dann gab es vielleicht auch ein Finden? Meine Gedanken wirbelten durcheinander, mein Herz wurde weit vor Dankbarkeit. Marys Stimme drang durch meine Verwirrung. „He, hörst du zu? Ich sagte, wir gehen zusammen zur Kirche." Ich sammelte mich erstaunlich schnell. Kirche, ja, das kannte ich. Wie früher als Kind. Das war vertraut. Das hatte etwas Tröstliches. Prima, wir würden zusammen in die Kirche gehen.

Dort saß ich dann auch zwei Tage später neben Brians warmherziger

Mutter und bemühte mich um ein betont wissendes Nicken, als sie mir bedeutsam zuraunte, es würden nach dem Gottesdienst noch „tea and bisquits" gereicht. Ehrlich gesagt war das so erhellend nicht. Erstens gab es in England außer vielleicht einem Verkehrsunfall kein mir vorstellbares Zusammentreffen, das ohne Tee und Kekse auskam. Zweitens minderte die Aussicht auf eine kleine Stärkung nicht im Geringsten das Ausmaß meiner Irritation. Von außen hatte das kleine Gebäude im Oktobersonnenschein ja noch als Kirche gelten können. Zumindest erhob sich über der bis auf das auffälligere Portal wie ein Wohnhaus aussehenden Front ein hohes Spitzdach. Es gab einen kleinen schmucklosen Vorplatz, den man durch ein Gittertor betrat. Ein violettes Schild über dem Portal wies das Ganze als „Smethwick Spiritualist Church and Healing Sanctuary" aus. Später erfuhr ich, dass sie zur Spiritualists' National Union (SNU) gehört. Die SNU ist eine in Großbritannien anerkannte Organisation für Spiritualismus. Damit hat sie als Glaubensrichtung einen offiziellen Status. Im Gebäude hatte ich alle Mühe, meine Gesichtszüge unter Kontrolle zu halten, so perplex war ich. Ein nur noch sporadisch genutztes Hinterzimmer einer Kneipe in einem verarmten Bergdorf hätte mehr Charme gehabt. Ich starrte fassungslos auf geflickte Vorhänge, kahle Wände und den abgenutzten Boden. Ich folgte Mary durch die wenigen Stuhlreihen und nahm neben ihr Platz. Nun blickte ich auf eine Art kleine Bühne mit einem Rednerpult. Nach und nach füllte sich der Raum etwa zur Hälfte mit „Kirchgängern". Ich hatte mir keine Gedanken darüber gemacht, welcher Kirche genau Brians Familie wohl angehören mochte. Davon ausgehend, dass mich eine Gemeinde erwartet, die mit meinen Kenntnissen von katholisch und evangelisch irgendwie kompatibel war, war ich frohen Mutes gewesen, mich in der Liturgie zurechtzufinden. Mich hatte allerdings gewundert, dass Mary und ich uns nun in der Stadt Smithwick nahe Birmingham befanden und nicht in fußläufiger Nähe zum eigenen Domizil wie von zu Hause gewohnt. Das Merkwürdigste aber war diese spürbar andere Atmosphäre, die mich umgab. Schon beim Betreten des Raumes überkam mich das Gefühl, in eine andere Zeitzone hineinzugleiten. Ich wollte beinahe dem Impuls folgen, unsichtbare schwere Vorhänge beiseite zu schieben, um in dieses energetische Feld zu gelangen. Mir blieb nicht lange Zeit, diesem Gefühl nachzuspüren, denn ein hagerer, sehr gepflegter älterer Herr begrüßte soeben die Anwesenden. Mary schob mir ein Liederheft zu, und ich schlug mich angesichts meiner kompletten Unkenntnis von Text und Melodien zwar etwas verhalten, aber tapfer und gar nicht schlecht. Mittlerweile war mir klar, dass es hier nicht so etwas wie ein Abendmahl geben würde. Den Gebeten und Vorträgen folgte ich mit einiger Aufmerksamkeit. In den Aspekten Frieden, Heilung, Nächstenliebe erkannte ich meine christlichen Werte durchaus wieder, und doch – es herrschte ein anderes Selbstverständnis. Die Menschen hier waren auf Gott ausgerichtet, aber in einer so fühlbar erwartungsfrohen Haltung. Hier war nichts sündenschwer, zum Gehorsam mahnend und ritualisiert. Mir schien, hier herrschte eine befreite, emanzipierte Hinwendung zu Gott, gepaart mit dem Wunsch und der Aufgabe der eigenen Vervollkommnung. Ich fühlte mich aufgefordert, nicht lediglich dem Licht zu folgen, sondern es aus mir herausstrahlen zu lassen und selbst Handelnde dieses Lichts zu werden. Die eigene spirituelle Weiterentwicklung mit der Option umfassender Erkenntnisse und höchster Reife war offensichtlich ausdrücklicher Auftrag. Man vertraute auf Unterstützung aus einer jenseitigen Welt. Tief in Gedanken versunken schreckte ich fast auf, als wieder ein Lied angestimmt wurde.

Den Platz am Pult nahm nun eine zierliche, graugelockte Frau in einem feinen, dunklen Hosenanzug ein. Sie fesselte mich mit ihrer faszinierenden Ausstrahlung. Das ging offenbar allen so, denn die Menschen um mich herum fixierten die Rednerin voller Erwartung. Sie erzählte uns ihren spirituellen Werdegang und teilte uns Zuhörern mit, dass sie krebskrank gewesen sei. „Da habe ich gebetet und ein Gelübde abgelegt", sagte die Frau, „Lieber Gott, wenn du mich heilst, werde ich wieder als Medium arbeiten, um die Menschen von deiner Existenz zu überzeugen und durch Jenseitskontakte Trost zu bringen durch den Beweis von einem Leben nach dem Tod." Sie holte kurz Luft, deutete mit ausgestrecktem Arm in meine Richtung und fuhr fort: „… und ich fange bei Ihnen dort im grünen Ledermantel an. Ich habe hier Ihren Freund für Sie …", hörte ich völlig fassungslos die offenbar mir geltenden Worte, „…, der sagt, dass Sie sich aus den Augen verloren hätten." Mein Herz raste. Sie musste von Kenneth sprechen. Kenneth Stephens aus den USA, von dem ich nach unserer Trennung noch nicht einmal eine Adresse hatte. „Es ist schon etliche Jahre her, dass Sie ein Paar waren", fuhr das Medium fort, „und später war kein Kontakt mehr möglich." Ja, genau, aber vor einiger Zeit hatte ich wieder an Kenneth denken müssen. Da hatte ich diesen merkwürdigen Traum. Als wäre seine Seele gekommen, um sich von mir zu verabschieden. Das Medium sprach weiter: „Als er starb hat Ihr Freund versucht, Ihnen das mitzuteilen und kam, um sich zu verabschieden", hörte ich völlig konsterniert die Worte der Frau. „Er hatte dieses unglaubliche Lachen", erzählte das Medium weiter, und auf ihrem Gesicht lag dasselbe Leuchten bei dieser Erwähnung wie auf meinem. Kein Zweifel, sie nahm es wahr, das wunderbare Lachen von Kenneth. Sie schilderte Eigenheiten, Winzigkeiten, Vertrautheiten, die uns verbanden und nannte Dinge, mit denen sich Kenneth gern beschäftigt hatte, wobei sie offenbar deutlich die dazugehörende Umgebung und Gegenstände sah. Es rauschte in meinen Ohren. Was um alles in der Welt ging hier vor sich? Wieso sagte sie immer wieder, Kenneth sei hier, stünde hinter mir, lache mich voller Wärme an? Marys brüskierter Blick drang durch mein Durcheinander. Ihre Mimik sprach Bände. Zunächst zog sie erstaunt die Brauen hoch, um sie dann prüfend zusammen zu ziehen. Sie musterte mich mit einem Blick zwischen Überraschung und Empörung. Zum einen war sie schon öfter hier gewesen und nie in die Gunst eines Jenseitskontaktes gekommen, zum anderen dachte sie offensichtlich darüber nach, wie viele Vorgänger Brian wohl gehabt hatte. Mir war es im Anflug ehrlich unangenehm, aber dieses Gefühl erreichte mich nicht wirklich. Denn als ob ich nicht innerlich ohnehin schon komplett aufgelöst war, setzte die gute Frau noch einen drauf: „Die junge Frau im grünen Mantel", informierte sie alle Anwesenden, „wird selbst einmal als Medium arbeiten und Heilung bringen."

Als Brian mich zu Hause mit einem fröhlichen „Hello!" begrüßte, fühlte ich wieder so etwas wie festen Boden unter den Füßen. Den ganzen Heimweg über hatten Mary und ich geschwiegen. Es war ein freundliches Schweigen, währenddessen sie mich von der Seite ab und zu mit gleichsam amüsierten wie auch verständnisvollen Blicken bedachte. Sie ließ mir Zeit. Als Brians Geschwister aus dem Garten hereinkamen und interessiert nach meinen Eindrücken fragten, schaute ich sprachlos und ratlos von einem Augenpaar ins andere. Mary regelte auch das mit wenigen Worten, und bald saßen wir in vertrauter Runde beim Abendessen und sprachen über Alltägliches. An Einschlafen war für mich an diesem Abend kaum zu denken. Ich hatte mich etwas früher zurückgezogen, und während ich ausgestreckt ruhend zur Decke starrte, tosten in mir die Gedanken und Gefühle erst richtig los.

Irgendwann setzte ich mich auf und hielt mir mit beiden Händen den Kopf in der Hoffnung, das Gedankenkarussell aufhalten zu können. Es gab ein Leben nach dem Tod. *Es gab ein Leben nach dem Tod!* Das hatte ich schon vorher oft genug bei den Kirchgängen in Münster gehört und im Glaubensbekenntnis mitgebetet. Die Bedeutung des Osterfestes ist natürlich auch nicht an mir vorbeigegangen. Und trotzdem (das erlebe ich übrigens genauso immer wieder bei den ebenfalls sehr gläubigen Christen, die diese Kontakte bei mir zum ersten Mal miterleben), ist es etwas anderes, plötzlich Beweise dafür zu bekommen. Selbst dem gläubigsten Christen fehlt es da verständlicherweise an Vorstellungskraft, und bevor man sich in Bildern von goldenen Harfen auf Wolken verliert, vertraut man besser darauf, dass Gott schon weiß, wie er das macht. Was mich so aufwühlte war die Kaskade von Erkenntnissen, die in mir losbrach. Ein Leben nach dem Tod bedeutete, dass es ein Jenseits gab. Wenn also Medien, wie ich es heute in dieser „Kirche" erlebt hatte, aus dem Jenseits Botschaften empfangen und übermitteln können, und wenn das Medium wusste, dass ich das auch einmal tun würde, dann bedeutete das im Umkehrschluss: Alles, was ich bislang wahrgenommen hatte, war real. An diesem entscheidenden Wendepunkt in meinem Leben wurde mir klar, dass die verwirrenden Dinge in mir keine Defizite waren, sondern im Gegenteil: Talente. Fähigkeiten. Eine Gabe. So neu und verwirrend diese Erkenntnis war, sie hatte einen überwältigenden Effekt: Ich war kein verlorenes Rotkäppchen mehr. Ich wusste, wer oder was ich war und wo meine Bestimmung lag. Dass ich mich an den Gedanken erst gewöhnen musste und auch erst herauszufinden hatte, welcher Weg mich weiterführte, war erst einmal nebensächlich. Ich hatte das Wichtigste getan: Marys Schlüssel akzeptiert und die Tür zu mir selbst aufgeschlossen.

4

Es ist in der Spiritualists' National Union (SNU) übrigens üblich, dass neue Medien im Rahmen solcher Zusammenkünfte mit Jenseitskontakten durch etablierte Medien „entdeckt" werden. Auch ich erkenne die Medialität meiner Teilnehmer in Live-Demonstrationen, bei meinen Blumenlesungen oder in Kursen und spreche sie darauf an. Oft wissen meine Gäste nichts über ihre medialen Gaben und sind ganz überrascht, dass die Geistige Welt sie zu mir geführt hat. Verblüfft müssen sie sich dem Thema erst nähern und denken aus einer gewissen sachlichen Distanz heraus über ihren weiteren Umgang mit dieser unerwarteten Botschaft nach. Ich erlebe aber auch Teilnehmer, denen es so geht wie mir. Die ihr ganzes Leben dachten, nicht „richtig" zu sein. Deren Verzweiflung am Alltag, deren innere Einsamkeit und Sehnsucht nach irgendeiner sinnvollen Erklärung für all die Phänomene wie ein Glaskokon in tausend klirrenden Teilchen von ihnen abfällt, wenn ich ihnen ihre Medialität offenbare. Wie ich selbst damals im Oktober 1981 stehen diese Menschen bei plötzlicher Erkenntnis in einem Gefühlschaos. Eines können alle Betroffene erstaunlich schnell akzeptieren: Dass die Geistige Welt immer weiß, wann alles am besten ist. Wir werden geführt und können darauf vertrauen, dass das, was kommt, nie zu spät oder zu früh, sondern immer zum richtigen Zeitpunkt geschieht. Dieses Erkenntniserlebnis wird jedem und jeder als innerliche Befreiung unvergesslich bleiben.

Sollte es Ihnen gerade jetzt auch so gehen, dass beim Lesen eine Ahnung Sicherheit wird, dass Ihr Herz schneller schlägt und Ihnen wie mir damals (zu gern hätte ich mein eigenes Gesicht gesehen!) erste Kerzen des viel zitierten Kronleuchters aufgehen, werden Sie sich vielleicht mit Spiritualität und Medialität näher befassen wollen. Eines aber gleich vorweg: Mit der Entscheidung für das Leben als Medium beginnt ein langer, ernsthafter Weg, der unbedingt seriöser fachlicher Begleitung bedarf, um sich nicht gleich wieder auf andere Art zu verlieren und unerwünschten negativen Einflüssen Zugriff auf sich selbst zu verschaffen. Wo immer viel Licht ist, sind auch die Schatten größer. Sie kommen, um an der guten Energie zu partizipieren. Ihre Verführung heißt Eitelkeit, Überschätzung, Abkehr vom Guten aus Freude an subtiler Macht durch Manipulation. Ich kann nur warnen. Es gibt leider Medien, die sich der dunklen Seite zugewandt haben. Das funktioniert auch, aber sie zahlen einen hohen Preis. Wenn auch möglicherweise erst im nächsten Leben.

Dieses langsame Heranführen übernahm zunächst meine liebe Mary für mich, an deren Seite ich erste Schritte in eine mir bis dato unbekannte Sphäre machte. Wenn ich heute als erstes deutsches zertifiziertes Medium (CSNU.ds) mit ihr telefoniere, sagt sie immer, wie wunderbar es für sie sei, dass ich das geworden bin, was sie aufgrund der Alltagsumstände selbst nicht hatte werden können. Dass ich mit InSight mein eigenes Haus für mediale Praxis aufgebaut habe, und das Wissen darum, dass sie den Grundstein gelegt habe, sei ihr Belohnung genug. Noch nach mittlerweile 36 Jahren und trotz der späteren Scheidung von Brian und mir war und bin ich mir ihrer Liebe und Fürsorge immer sicher. So erfuhr ich also in den nächsten Tagen meines Aufenthalts bei unseren Gesprächen am Küchentisch, dass Mary eine White Eagle-Anhängerin ist, ihre Kinder ebenfalls spirituell leben und im Haus auch Heilkreise stattfinden. Zudem pflegte Mary gute Kontakte zu mehreren Medien. Unsere Abreise stand quasi unmittelbar bevor, aber sie versprach, mich bei unserem nächsten Besuch in entsprechende Zirkel mitzunehmen und mir Medien vorzustellen.

Mein persönlicher Weg zum Medium hatte begonnen. Warum ich zu diesem Zweck und nach einem fast 30-jährigen komplizierten Leben erst zu einer jamaikanischen Auswanderin nach Birmingham musste, weiß die Geistige Welt und meine Geistführung besser als ich. Einfacher wurde mein Leben danach übrigens auch nicht, aber ich erkannte im Laufe meiner spirituellen Weiterentwicklung, dass die Wendungen und Schicksalsbegebenheiten Fügungen sind und immer Sinn ergeben. Medien, deren tiefster Wunsch es ist, Menschen zu helfen, müssen oft durch den viel zitierten Scheuersack von unliebsamen Erfahrungen. So sehe ich das auch bei mir. Ich musste mich selbst in meinem Leben immer wieder wie Phoenix aus der Asche erheben, und deshalb möchte ich Menschen helfen, die sich in aussichtslosen Situationen wähnen.

In der Überwindung unserer tiefsten Nöte reifen und wachsen wir. Wenn ich den Passus „Und so lang du das nicht hast, dieses: Stirb und Werde! Bist du nur ein trüber Gast auf der dunklen Erde" aus Goethes „Selige Sehnsucht" zitiere, klingt in meiner Seele der Widerhall genau dieser tiefen Erfahrungen.

Die Frage, wie jemand in irgendeine von der Gesellschaft als schändlich bewertete Lage überhaupt kommen konnte, stellt sich mir gar nicht. Selbstverständlich begegne ich allen, und damit meine ich wirklich *allen*, Menschen mit wohlwollender Offenheit. Das können diejenigen bestätigen, die bei mir Hilfe gesucht haben. Mich erfüllt es mit großer Freude, Menschen voller Empathie auffangen zu können und für sie da zu sein. Für mich als spirituelles Medium bedeuten die Jenseitskontakte alles andere als irgendeine Form von Entertainment. Auch wenn ich die Jenseitskontakte vor größerem Publikum demonstriere, geht es mir um alles andere als Effekthascherei. Ich habe mich in den Dienst gestellt, den tröstlichen Beweis dafür zu liefern, dass es nach unserem Tod weitergeht. Nichts erfüllt mich mehr, als Trauernden diese wunderbare Hoffnung auf ein Wiederfinden zu geben, Trost zu spenden, Nähe zu vermitteln und für die Angehörigen der Verstorbenen da zu sein. Das Miterleben, wenn zum Beispiel schuldgeplagte Angehörige durch die
liebevollen Botschaften der Verstorbenen befreit aufatmen, empfinde ich als Geschenk. Ich bin dankbar, dazu beitragen zu können, dass sich Ungeklärtes in Frieden löst, dass Menschen um die Anwesenheit ihrer verstorbenen Lieben wissen, und dadurch sogar wieder zum Halt durch den Glauben finden.

Auf meiner Rückreise mit Brian nach Münster wusste ich von all den Zusammenhängen und von meinem späteren Wirken noch nichts. Aber ich war durch meine neue Erkenntnis im tiefsten Inneren befreit von einem großen Irrtum über mich selbst, der mich so lange gequält hatte.

Mit Brian genoss ich eine wunderbare Partnerschaft auf Augenhöhe. Wir teilten Wärme, Gespräche und Spaß am Zusammensein mit Freunden. Als ich wegen Verhütungsfragen beim Frauenarzt vorsprach, erfuhr ich von ihm, dass eine Schwangerschaft aufgrund einer entsprechenden gynäkologischen Disposition ausgeschlossen sei. Ich nahm es eher schulterzuckend zur Kenntnis. In diesem Alter und mit einigen bislang ebenfalls kinderlosen jungen Pärchen um uns herum war das Thema Familiengründung fern, und diese Aussichtslosigkeit bot zunächst keinen Anlass zum Bedauern.

Äußerlich betrachtet lebte ich in Münster das normale Leben einer jungen

Frau, und ich genoss es grundsätzlich in vollen Zügen. Aber ein Wanderer zwischen den Welten war ich geblieben. Die Einsamkeit überfiel mich oft unangekündigt und peinigend. Wie dankbar war ich, nun Mary und meine Bestimmung zu kennen. Wie Brians Mutter mir später erzählte, hatte sie die Smethwick Spiritualist Church and Healing Sanctuary selbst erst wenige Wochen vor meiner Ankunft entdeckt. Und nun war die quirlige Mary aus Jamaika die erste und (bis heute sehr liebevolle) Lehrmeisterin des verlorenen Rotkäppchens aus Deutschland, das da so ahnungslos an ihrem Küchentisch gesessen hatte.

Wenn einem so viel Gutes gegeben wird, ist man froh, auch etwas zurückgeben zu können. So freute ich mich, auch für Mary neben unserer innigen Verbindung noch einen anderen Wert zu haben. Ich fungierte nämlich als Alibi für ihren skeptischen Ehemann David, dem der spirituelle Hang seiner Frau nicht ganz geheuer war. Das heißt, eigentlich war die ganze Familie spirituell, und auch die Geschwister wussten um ihre eigenen medialen Fähigkeiten. Aber es ist immer noch ein Unterschied, wie aktiv man das lebt. In diesem Punkt waren sie eher zurückhaltend, und vor allem David sah es äußerst ungern, wenn Mary sich in diesen Kreisen aufhielt, sie gar noch zu sich einlud. Nun konnte sie aber mein Interesse vorschieben, und so erlebte ich bei den nachfolgenden Besuchen in Brians sehr gastfreundlicher Familie mit Mary noch so einiges, was ich vorher für undenkbar hielt.

Marys eigener spiritueller Heilkreis traf sich in Davids Abwesenheit ohnehin bei ihr daheim. Während meines Aufenthalts lernte ich die eine oder andere Teilnehmerin kennen. Alle sprachen mit Respekt von Marys medialen Fähigkeiten. Eine liebenswerte ältere Dame, die genauso liebenswerte Kuscheltiere aus Plüsch fertigte, schilderte mir begeistert den Abend, an dem Mary in Trance gefallen war. Ein verstorbener Priester hatte aus ihr gesprochen und allen im Kreis so viel Mut gemacht für den spirituellen Weg. Mary, die selbst Kurse absolviert und Heilen gelernt hatte, wurde nicht müde mir zu sagen: „Pray. You need to pray!" – „Bete. Du musst beten!" Ich bin Mary unendlich dankbar für all die Grundlagen, die sie mir vermittelt hat. Sie gab mir Einweisungen in allen Fragen von der Energiearbeit bis zum Leben nach dem Tod. Sie sprach mit mir über viele bekannte und berühmte Medien und freute sich, wenn ich ausgiebig in ihrer Fachliteratur stöberte und mir selbst verschiedene Titel zulegte. Mary selbst wurde nicht müde, all ihr Wissen an mich weiterzugeben. Ich lernte eine Menge bei ihr.

Das sogenannte Jenseits, so erklärte mir Mary, befindet sich nicht im Himmel, sondern man kann es sich eher als parallele Dimension zu der unsrigen vorstellen. In dieser Dimension sind all unsere Vorstellungen von Zeit und Raum komplett aufgehoben. Es geschieht also gleichzeitig alles an verschiedenen Orten. Vor allem aber schwingen die Energien dort wesentlich höher als unsere. Ich sehe noch Marys lebhaft gestikulierenden Hände vor mir, die in verschiedenen Höhen zwei Ebenen anzeigten. „Diese Dimension", sagte sie und machte mit der oberen Hand Wellenbewegungen, „funkt sozusagen auf dieser höheren Frequenz, und wir", fügte sie an und bewegte die untere Hand, „funken auf dieser niedrigeren Frequenz. So kommt es, dass wir die Botschaften aus der Geistigen Welt nicht wahrnehmen, obwohl wir nebeneinander existieren." Man könne sich das bildhaft so vorstellen, erklärte sie mit einem Anflug von Humor, dass die Verstorbenen ganz nah neben ihren Lieben stehen und ihnen ins Ohr brüllen, ohne dass sie verstanden werden. Auch sie müssten lernen, wie man nun körperlos „spricht", und wir müssen lernen, wie man das „hört". Und dieses andere Sprechen und Hören zwischen den Dimensionen geschieht hauptsächlich durch Zeichen und Bilder, Eindrücke und Empfindungen. Dieses geradezu unheimliche Gefühl von unerklärbaren „zufälligen" Zeichen, die einen z. B. instinktiv warnen, kennt wohl jeder. Dann ist tatsächlich eine Botschaft durchgedrungen.

Jeder Mensch ist in der Lage, durch regelmäßiges Meditieren seine eigene energetische Schwingung so zu erhöhen, dass er der Frequenz der anderen Dimension näherkommt. Gleichzeitig bemühen sich die Verstorbenen, die Geistführer oder Engel, sich unserer energetischen Schwingung so nahe es geht anzugleichen. Hellfühlige Menschen, spirituell lebende Menschen und vor allem natürlich begabte bzw. ausgebildete Medien sind in der Lage, sich auf diese Weise quasi mit der Geistigen Welt zu unterhalten wie mit dem Nachbarn oder dem Kollegen.

Nun geht es natürlich weniger darum, mit der Geistigen Welt über den letzten Grillabend zu plaudern. Es geht um Seelenreife, um das sinnhafte Handeln zur Erfüllung des eigenen Lebensplans, um die Ausrichtung auf Gottes Liebe, Licht und Frieden. Die Geistige Welt begleitet und unterstützt uns auf dem Weg, unsere Aufgabe hier zu erfüllen. Und was immer wir im

Leben erreicht haben, ob Villa mit Swimmingpool oder Kellerwohnung mit Heißwasserboiler – beim Übergang ins Licht zählt alleine, was wir für andere getan haben. Dass wir dabei angeblich von einem strengen Gott gerichtet werden, braucht Sie nicht zu sorgen. Dem ist nicht so. Etwas anderes könnte Ihnen allerdings größeres Unbehagen bereiten: Wir selbst bewerten unser Handeln beim Rückblick auf unseren Lebensfilm. Da keimt einem schon die Ahnung, das könnte schlimmer sein als ein strenger Gott. Da stehen wir dann also schon recht körperlos und schauen uns an, wie wir jemanden bitter verletzt haben, links liegen ließen, eine Bitte abschlugen, nur zusahen, wie er sich mühte und nicht halfen. Wir hören unsere abfälligen Worte, sehen unsere Vorurteile, Rücksichtslosigkeiten und Desinteresse, aktiv an einer besseren Welt mitzuwirken. Wir sehen, was wir angerichtet haben und können es nicht ungeschehen machen. Es kann also nicht schaden, im Diesseits Pluspunkte für uns zu sammeln. Denn wir dürfen am Ende des Lebens auch hingebungsvoll erfreut sein beim Anblick unseres vergangenen Selbst, wie es sich bei jemandem entschuldigt, zugunsten anderer auf eigene Vorteile verzichtet, einem Kranken die Hand hält, obwohl der eigene Rücken schmerzt oder einem Fremden Heimat bietet.

Bevor Sie jetzt ernsthaft in Erwägung ziehen, den Pfadfindern beizutreten, weil ihre Benimm-Bilanz im Moment einem Zeugnis mit schlechten Schulnoten gleicht, lassen Sie sich trösten. Gott freut sich über jeden, der aufrichtig bereut und sein Leben neu nach Nächstenliebe und Wahrhaftigkeit ausrichtet. Dafür ist es nie zu spät. Es kommt noch etwas dazu, was Ihnen zwar eine Chance gibt, aber vielleicht nicht unbedingt gefällt: Im Jenseits geht es weiter mit der Entwicklung zu Höherem. Um es einmal ein bisschen flapsig auszudrücken: Je besser unser Zeugnis ist, wenn wir ankommen, desto höher ist auch das Niveau, auf dem wir dann im Jenseits weitermachen mit der Seelenentwicklung. Falls Sie etwas für Ihre Verstorbenen tun wollen, können Sie für sie beten, ihnen danken und gut über sie denken und sprechen. Das hilft ihren Seelen bei der Weiterentwicklung enorm. Auch das ist positive Energie zwischen den Dimensionen, und man kann den Helfern aus der Geistigen Welt etwas für ihren Beistand zurückgeben.

Marys Kontakt mit der Geistigen Welt war im ganzen Haus spürbar. Während sie mich eines Nachmittags ins Basiswissen Medialität und Spiritualität einwies, kam Brian in die Küche und wollte nach einem Glas auf dem

Kühlschrank greifen, um sich einen Drink zu machen. Noch bevor er es berührte, fiel das Glas mit einem lauten Knall auf den Boden und zerbarst in Splitter. Mary sah kurz über die Schulter und kommentierte: „I told you stop drinking!" Die Geistige Welt sah offensichtlich ähnlichen Bedarf bei Brian, den Alkoholkonsum kritisch zu reflektieren.

„Mary, was genau macht man in Heilkreisen?", fragte ich.

„Die Healing Circles", nahm Mary den Unterrichtsfaden wieder auf, „könnte man auch Entwicklungszirkel nennen. Indem man zusammen in der Meditation sitzt, potenziert sich die Energie um ein Vielfaches. In Healing Circles sitzt man zum Beispiel auch nur für die Geistige Welt, damit sie in diesem hohen Energiefeld ihre Botschaften schnell und klar senden kann. Deshalb geschieht es in diesem Umfeld auch relativ oft, dass jemand in Trance fällt und die Botschaften eines Geistführers übermittelt." Außerdem diene so ein Heilkreis dazu, den Teilnehmern zur Weiterentwicklung Zeit und Raum zu geben. Wer bekommt das schon im Alltag hin? Zusammen schafft man sich Ruhe für den inneren Frieden, für die eigenen Entwicklungsfragen, das Finden der eigenen Bestimmung, die Konzentration auf das göttliche Licht. Hier erhält man, so erfuhr ich von Mary, stille Impulse und Kontakt zu seiner Führung. Die Gruppenkonzentration sorgt für Stabilität der energetischen Verbindung, und so profitieren alle Mitglieder von Erfahrungen über die Grenzen des Normalen hinaus. In Heilkreisen ist es aber je nach Ausrichtung auch möglich, gewisse Übungen miteinander zu machen, um Techniken wie Psychometrie, das Auralesen oder die mentale Medialität weiter zu verfeinern. Andere Heilkreise haben sich bestimmten Themen zugewendet. Diese Teilnehmer sitzen und beten und strahlen gemeinsam ihre Energie aus für Menschen in Not, für unseren ausgebeuteten Planeten oder für das Heil der Tiere.

Heilkreise können sich aber auch tatsächlich mit dem Heilen und der Ausbildung zum Heiler befassen. Bevor es um die Heilung anderer geht, steht die seelische Selbstheilung an. Ein tiefes Verständnis der spirituellen Zusammenhänge ist unabdingbar, um eigene Verletzungen und Verdrängtes im Licht aufzulösen und zu heilen. Man soll zunächst in sich selbst zur Ruhe kommen, sich selbst annehmen und der eigenen inneren Kraft gewahr werden. Erst dann lernt man, sich anderen Menschen zuzuwenden. Auch das darf man nicht missverstehen. Hier werden keine naturheilkundlichen Salben auf Ekzeme aufgetragen, wenn sonst keiner mehr helfen kann. Aber möglicherweise bessert sich die körperliche Symptomatik, wenn sie Ausdruck von Seelenpein war. Auch der Heiler stellt sich als Mittler zwischen der Geistigen Welt und dem Ratsuchenden zur Verfügung. Es gibt viele Arten des energetischen Heilens. Bekannte Methoden sind etwa Reiki, Yoga, Meditation, aber man kennt auch den Schamanismus oder das Handauflegen. Alles, was energetisch wohltuend oder befreiend auf die Seele einwirkt, heilt. Zur besseren Vorstellung: Wir sprechen von der heilenden Kraft des Gebetes. Alles, was Mut macht, Sorgen nimmt, Vertrauen in sich selbst bringt, Versöhnung mit Erlebtem schafft, hilft der Seele. Das ist geistiges Heilen.

Auch über die Wirkung der Affirmation sprach Mary und wies auf die Wichtigkeit hin, sich seiner eigenen Glaubenssätze bewusst zu werden. „Man zieht das in sein Leben, was man denkt", erklärte sie. „Je mehr man dieses Denken mit Emotionen verbindet, desto mehr zieht man es an." Da das ein universelles Gesetz sei, funktioniere es leider auch, wenn man etwas um alles in der Welt verhindern will. Man denkt daran mit starken Emotionen – und schon nähert sich genau das, was man fürchtet. „Du kennst doch selbst die Leute, die immer sagen, was sie für ein Pech haben, und es dann auch prompt bekommen." Dass man den Spieß umdrehen kann, indem man dieses universelle Gesetz der Anziehung bewusst als Technik nutzt, lernte ich ebenso von ihr. „Stelle dir das, was du für dein Leben wünschst, lebhaft und mit positiven Emotionen vor, als wäre es schon so. Sei bereits jetzt dankbar dafür und wiederhole diese Affirmation regelmäßig. Du wirst anziehen, was dir bei der Verwirklichung deiner Träume hilft." Auch nicht-spirituelle Mentaltrainer nutzen dieses universelle Gesetz. Sie kennen doch den Ausdruck von der „self fullfilling prophecy" – der selbsterfüllenden Prophezeiung? Oder die Aussagen von erfolgreichen Menschen: „Ich habe immer felsenfest daran geglaubt, ich war einfach überzeugt davon!" Ob man es nun spirituell betrachtet oder psychologisch – das Unterbewusstsein wird quasi umprogrammiert und veranlasst uns zu Strategien oder Reaktionen, die wir bewusst nicht eingesetzt hätten. Wie gesagt: Vorsicht, es funktioniert auch umgekehrt. Nehmen wir ein allgegenwärtiges Alltagsbeispiel: Wer immer jammert, dass er zu dick wird, festigt diesen Glaubenssatz. Das Universum kennt keine Verneinung, insofern steckt auch im Gedanken „ich will nicht mehr dick sein" die Manifestation von „dick". Denken Sie lieber voll Freude daran, dass

Sie bald schlank sind und fühlen – ja, leben – Sie schon voller Dankbarkeit Ihre neue gesunde Wendigkeit. Je überzeugter Sie das tun, desto mehr wird Ihr Unterbewusstsein zum Coach und veranlasst Sie zu Handlungen, Ihren Wunsch zu realisieren. Geringste Zweifel nimmt es wahr – also will richtig affirmieren gelernt sein. Wenn Sie sich ab nun lebhaft für Affirmation interessieren, werden Sie genau die Literatur in Ihr Leben ziehen, die für Sie die beste Anleitung ist.

Nach solchen Lehrstunden kam es vor, dass Mary auf die Uhr sah und sagte, „Oh, I am taking you out. We are invited to tea. Come on, we shouldn't be late", und so folgte ich ihr einmal wieder zu einer der spannenden Besuche bei irgendwem zum Tee. Dieses Mal wurde es bizarr. Oder sagen wir: besonders britisch.

David und einer von Brians Brüdern begleiteten Mary und mich, als wir uns auf den Weg zu einem von Kletterpflanzen überwucherten viktorianischen Haus machten. Der Garten musste einmal eine Vorzeigeanlage gewesen sein. Nun hatte die Natur wieder das Regiment übernommen und ihr eigenes wildes Idyll gezaubert. Mary stieg die wenigen abgenutzten Stufen hoch und drückte auf eine Klingel. Ich fragte mich, ob diese antike Schelle noch funktionierte, da öffnete sich knarzend die Tür. „Oh, die funktioniert sogar mit automatischem Türöffner", dachte ich staunend, denn ich sah niemanden im Türrahmen stehen. Bis ich meine Blicke nach unten lenkte, wohin Mary schon mit breitem Lächeln schaute und eine herzliche Begrüßung sprach. Ich entdeckte ein altes, verhutzeltes Frauchen in gekrümmter Haltung mit ausgedünnten weißen Löckchen. Mary stellte mir in etwas überschwänglichem Stolz das berühmte Medium Lilian vor, was meine Irritation noch steigerte. Lady Lilian krächzte: „Oh please, come in, so nice to see you!" und schlurfte vorweg in einen langen, dunklen Flur voller Bilder. Wir folgten ihr schweigend bis ins Wohnzimmer, wo wir auf alten Sofas tief einsanken. Überall lagen Zeitungen herum, an den Wänden konkurrierten dicke Bilderrahmen mit Bücherregalen um den Staub, und auf dem Sims des imposanten Kamins versammelten sich rund um die Uhr kleine Schachteln mit Pastillen, ein Poststapel und mehrere Blumenvasen mit leicht vertrocknetem Inhalt.

Lilian hatte uns erwartet, und somit standen feine Porzellantassen für den Tee bereit. Beim Anblick des Zimmers fragte ich mich, wie historisch das Gebäck auf dem Rosenmotivteller wohl sein mochte, während Mary beim

Einschenken des Tees behilflich war. Die alte – die uralte – Dame sah uns alle freundlich an und erkundigte sich sehr britisch, ob wir gut hergefunden hätten. Brians Bruder verlor einige ebenso höfliche Sätze zur Verkehrslage, und das immer noch lächelnde Frauchen streckte die Hand nach der Tasse aus und kommentierte, wie sehr sich das alles doch verändert habe, seit sie dieses Haus bezogen … der Satz fand kein Ende. Die Hand plumpste Lilian aus der Luft in den Schoß, der Kopf fiel nach vorne auf die geblümte Bluse, und sie schwieg. Entsetzt schaute ich Mary an. Sollte man helfen, oder war sie nur eingeschlafen? Aber Mary beachtete mich nicht und schaute gespannt zu Lilian hinüber. Ich folgte ihrem Blick und sah, wie die Lady den Kopf hochriss und uns fröhlich, aber irgendwie kindlich angrinste. Mit hoher Stimme piepste sie: „Hello, I am Nelly. It's nice to see you all here. Are you fine?" – Ich starrte die mit Kinderstimmchen fiepende Frau an und dann Mary. Wer war Nelly, warum sprach sie wie ein kleines Mädchen, und wieso fragte sie nach unserem Wohlbefinden? Mary flüsterte nur knapp: „Trance. Spirit Child. Sie spricht gleich für jeden etwas." So war es dann auch. Klein-Nelly hatte trotz ihres gerade mal neun Jahre genossenen Menschenlebens nun als Geistiges Wesen eine Menge Dinge zu sagen. Nach und nach wandte sie sich an jeden von uns und teilte ihre Botschaft mit. Ich sei geführt, hörte ich, Gott sei bei mir, ich solle am Glauben festhalten. Man möge mir nachsehen, dass ich mich nicht mehr genau daran erinnere, wie wir Lady Lilian wieder zurückerhielten, wie wir uns verabschiedeten, und wie ich wieder ins Auto gekommen war. Ich weiß nur noch, dass die kleine Frau irgendwann, als sie selbst wieder im Sessel saß, etwas verwirrt fragte: „What time is it?", und dass Mary für ihre Verhältnisse die betagte Dame geradezu fürstlich entlohnte. Die beiden Männer schwiegen in sich gekehrt.

„Mir war es wichtig, dass du ein ganz berühmtes Medium kennenlernst", sagte Mary. In den 30er Jahren sind die Menschen in Scharen zu ihr gekommen. Irgendwann wurde sie komplett ausgeraubt. Sie stand unter Schock und konnte niemanden mehr in ihr Haus lassen. Das fortschreitende Alter tat ein Übriges. Ihr fehlte die Kraft, das Geschehene zu verarbeiten. Nur noch wenige Vertraute suchten sie auf. Sie lebt nun in Armut." Mary war es wichtig, mir ein Gefühl für Tradition und Respekt vor dem alten Wissen und Wirken der Medienpioniere einzupflanzen. „Es geht nicht um Showeffekte", sagte sie eindringlich, „es geht darum, sein eigenes Leben ganz nach der Spiritualität auszurichten." Die alten Medien haben einst die Carnegie Hall gefüllt. Dort saßen sie mit ihren Rauchquarzen und ihrer intensiven Ausstrahlung und zogen die Massen an. Die Verwurzelung in dieser Tradition sei wichtig, um wahrhaftig arbeiten zu können, erläuterte mir Mary.

Heute weiß ich, was sie meint. Mediales Können ist vor allem für talentierte Menschen schnell erlernt. Aber was nützen Bühnenshows, um zu zeigen, was möglich ist, wenn man nicht fundiert und seriös damit umgeht? Man trägt Verantwortung für die Menschen, die vertrauensvoll zu einem kommen. Sich selbst darin zu sonnen, wie toll man Kontakte herstellt, ist keine Hilfe. Medien müssen selbst von der Spiritualität durchdrungen sein und im Alltag danach leben, um Frieden und das Gotteslicht in die Welt zu bringen. Wir wollen beweisen, dass es ein Leben nach dem Tod gibt, um Menschen zu trösten und ihnen Hoffnung zu geben und keinesfalls, um uns als „Unterhaltungskünstler" zu betätigen.

Während meiner späteren Ausbildung habe ich erfahren, dass man mit 54 Jahren erst die Reife habe, als Medium zu arbeiten. Die alten Medien haben sich jahrelang darauf vorbereitet, bis sie in die Öffentlichkeit gingen. Mary wollte, dass ich diese Vorbilder kennen lernte, dass ich die Urgesetze und die klassische alte Schule respektierte und verinnerlichte. Mit so einem fundierten Weg dient man nicht nur dem eigenen Ruf, sondern auch dem Ansehen der Medien an sich. Jeder, der vorschnell als Medium nach außen geht, sollte bedenken, was er dieser Berufsgruppe, die es ohnehin schwer mit der Akzeptanz hat, an Imageschaden zufügen kann.

Ich recherchierte also gründlich. „The Game of Life and How to Play It" (Deutsche Ausgabe: Das Lebensspiel und wie man es spielt) von Florence Scovel Shinn gehörte zu meiner Lektüre. Ich las über Ursula Roberts und Helen Duncan, versenkte mich zwischendurch in Literatur über White Eagle und fand dann noch Publikationen über Estelle Roberts, die in der Blütezeit des britischen Spiritismus Massenveranstaltungen in der Albert Hall gab. Offenbar erinnert man sich heute wieder an die Vorfahren alter Schule. Viele vergriffene Bücher werden erfreulicherweise neu aufgelegt. Das Medium Estelle Roberts kann man sich – was in meiner Jugend noch nicht möglich war – im Internet übrigens auch im Filmbeitrag anschauen. Während ich mich bei meinen Besuchen in England mit Literatur über Medien eindeckte, war man in den Buchhandlungen Münsters gerade bei Astrologie angekommen. Etwas anderes gab es nicht. Der kleine alternative Buchladen „Rosta" bot erste vereinzelte Bücher zumindest zum Zen-Buddhismus.

Mary hatte das Rotkäppchen an die Hand genommen und aus dem Wald geführt. Aus der Irritation in die Erkenntnis – ich bin ihr unendlich dankbar. Im Gegenzug genieße ich bis heute ihr Vertrauen und unsere tiefe Bindung. In einer der vielen Sitzungen bei britischen Medien sagte man mir: „Gott holt dich überall ab. Wichtig ist nur, dass du eingesehen hast." Und man machte mir klar, dass eine sogenannte alte Seele nicht zusammenzucken darf, wenn unschöne Dinge im Außen passieren. Was mich anbelangte, passierte mir selbst noch reichlich Unangenehmes, und ich habe noch so manches Mal gezuckt. Aber das gehörte zu den Prüfungen und dem Weg zu dem Medium Stefanie Keise, das ich heute bin.

So nahm eine nächste Schicksalswendung durch den Klimawechsel auf Gran Canaria seinen Lauf, wo ich mit einer Freundin Urlaub machte. Was immer sich durch die Entspannung in mir geändert hatte: Daheim blieb das regelmäßige monatliche Frauenereignis aus, und ich empfand nach dem Aufenthalt körperliches Unwohlsein. Ich stand im Mietshaus unten an unserem Briefkasten und fischte die Post heraus. Das Übliche: Ein Schreiben von den Stadtwerken, ein Werbeblatt zur Geschäfteröffnung zwei Straßen weiter und eine Danksagung. Beide Hände voll mit Besorgungen und dem Schlüsselbund, klemmte ich den kleinen Stapel Post wie gewohnt zwischen die Zähne und wollte die Treppe hoch. Da wurde mir speiübel. Ich musste mich setzen und unterdrückte den Brechreiz. So allmählich machte ich mir Sorgen um mich und saß wenige Tage später beim Arzt. „Lassen Sie uns vorsichtshalber einen Schwangerschaftstest machen", sagte er. Ich zog die Brauen zusammen: „Überflüssig. Sie haben selbst gesagt, ich könne nicht schwanger werden." Um es kurz zu machen: konnte ich doch. Statt sich auch nur annähernd nach meiner Gefühlslage zu erkundigen (die ich ehrlicherweise hätte gar nicht in Worte fassen können), schob mir der Arzt ein Abtreibungsattest und eine holländische Adresse zu. „Das Ganze habe ich Ihnen mit meiner falschen Auskunft schließlich eingebrockt", sagte er lapidar. „Und übrigens: Sie sind so in der sechsten, siebten Woche. Machen Sie schnellstmöglich einen Termin aus."

Ich dachte und fühlte – nichts. Die Frage nach Kindern hatte ich aus meinem Leben ausschließen müssen. Nun wuchs in mir eins heran. Bevor ich überhaupt einen klaren Gedanken fassen und möglicherweise so etwas wie aufkeimende Freude fühlen konnte, hatte ich schon den Abmarschbescheid zur Tötung in der Hand. Keine Ahnung, wie dieser Mann auf die Idee kommen konnte, Frauenarzt zu werden. Mein Problem war nun erst einmal unsere neue Situation. Die komplette Ausschaltung meines Gefühls war dabei äußerst dienlich. Als Brian nach Hause kam, sagte ich mit völlig bewegungsloser Miene: „Ich bin schwanger." Wer könnte ihm seine Fassungslosigkeit verdenken? Er machte mich für die Situation natürlich nicht verantwortlich, war aber auch alles andere als begeistert. Es ging ihm wie mir: Er musste es begreifen. Ich war in der Zwischenzeit relativ emotionslos zu einem Entschluss gekommen: Wir würden dieses Kind nur bekommen, wenn Brian mich heiratete. Dabei ging es mir nicht um meine Absicherung oder gar um gesellschaftliche Moral. Mir ging es darum, dass dieses Kind Brians Namen erhalten würde. Diese Namensentscheidung, das wusste ich glasklar, war wichtig für unser Karma. „Und wenn ich dich nicht heirate?", fragte Brian. „Dann bekomme ich es nicht ohne dich", sagte ich schlicht und gab ihm 24 Stunden Zeit. Viel Spielraum hatten wir unter Berücksichtigung der Terminvergabe in Holland ohnehin nicht. Brian verließ die Wohnung und verbrachte die Nacht mit Freunden. Ich konnte das absolut verstehen. Als er wiederkam, machten wir einen Abtreibungstermin in Holland aus.

In der Nacht vor unserer Fahrt träumte ich von einem fürchterlich schlammigen, verdreckten Wasser. Ein Schwimmbecken, in dem Müll und Totholz und verendete Fische trieben. Mir war klar, dass ich über das Wasser musste, und es grauste mich. Zwei unsichtbare Helfer schoben mir über die brackige Brühe ein Surfbrett zu. Ich stellte mich vorsichtig darauf, um nicht mit dem ekligen Wasser in Berührung zu kommen, und ließ mich von ihnen ziehen. Ab der Mitte des Schwimmbeckens wurde mein bis dahin schwarzweißer Traum plötzlich farbig. Das Wasser schimmerte mit einem Mal klar und frisch, und ich sah auf der anderen Seite Sonnenlicht. Es wurde warm und bunt und duftete herrlich exotisch. Das Surfbrett strandete, und ich ging in eine fantastische, karibische Welt. Der schrillende Wecker holte mich in aller Herrgottsfrühe aus dem Traum. Unsere Entscheidung hat wohl offenbar etwas Gutes zu bedeuten, dachte ich ergeben und packte letzte Dinge in die Kliniktasche. Da kam Brian ins Zimmer. Er legte seine Hand auf meine, und ich sah auf. Er schaute mir in die Augen und sagte: „Wir fahren nicht."

Für Westfalen war unsere „schwarz-weiße" Hochzeit ein recht buntes Ereignis. Am 27. Mai 1982 trug die sichtbar schwangere Braut ein Hängerchenkleid in Magenta, und der Rathausinnenhof, an dem auch das Standesamt lag, füllte sich mit schwarzen und weißen Familienmitgliedern und einer Menge Freunde. Für damalige Zeiten leisteten unsere Familien wirklich Wunderbares für uns. Ganz einfach war es für beide Seiten sicher nicht, aber niemand trübte unser Glück. Man war festen Willens, sich gegenseitig anzunehmen. Allerdings: Ausgerechnet mein Geistführer machte den Spielverderber. Als ich mich morgens vor dem Spiegel für unseren großen Tag zurechtmachte, stand er plötzlich hinter mir und blickte in die Reflexion meines Gesichts. „Drei glückliche Jahre", sagte er, und zog sich zurück. Auf den Fotos in unserem Hochzeitsalbum sieht man mich mit abwesendem, verlorenem Blick. Diese Botschaft hatte gesessen, das hallte nach. Aber was sollte es? Drei Jahre, und danach würde man eben weitersehen. In zwei Stunden würde geheiratet und ich Brians Familiennamen tragen und unser Baby auch. Unser Baby! Nach Brians Entscheidung für unser Kind war mir, wie im Märchen vom armen Heinrich, als würden Ketten nach und nach von meinem Brustkorb abfallen und einer überwältigenden Freude Raum gegeben. Ich wurde Mutter! Ich würde mein Kind in den Armen halten. Meine Seele badete in dieser Erfahrung einer neuen, bedingungslosen, alles überwindenden Liebe.

Im Oktober 1982 kam unser Stephen zur Welt. Brian ließ es sich nicht nehmen, bei dieser erfreulich unkomplizierten Bilderbuchgeburt dabei zu sein. Was hatte ich ihn vorher bedrängt, sich doch bitte auch für Mädchennamen zu interessieren. Brian grinste bis zum Schluss immer nur verschmitzt: „Wozu? Ich weiß doch, dass es ein Junge wird." Als ich mich nach der Geburt im Kreißsaal in den Kissen aufrichtete, sah ich eins der schönsten Erinnerungsbilder meines Lebens. Brian hatte seinen neugeborenen Sohn behutsam in beide Hände genommen und hielt ihn, wie bei einigen Völkern auf dem afrikanischen Kontinent üblich, dem Himmel entgegen. Gott wird unseren Stephen trotz der Zimmerdecke und dem Hausdach gesehen haben, und aus meiner Perspektive sah ich unser Baby im überirdisch gleißenden Licht, bevor ich es selig in meine Arme nahm.

Zu Hause waren wir nun in der Stierlinstraße im Kreuzviertel und damit sehr zentral gelegen. Alles mit dem Hauptverkehrsmittel in Münster, dem

Fahrrad, bequem zu erreichen. Schon weit vor der Geburt hatten wir uns um eine größere Wohnung bemüht. Als ich noch einmal bei der Wohnungsgesellschaft anrief, um die Dringlichkeit aufgrund der neuen Situation zu betonen, reagierte die Sachbearbeiterin erfreut. „Wir haben schon mehrmals versucht, Sie zurückzurufen, weil Sie sich eine Wohnung anschauen können", sagte sie, „wir haben Sie bislang nicht erreicht." Besser hätte es nicht sein können, denn es war vor dem Geburtstermin noch genug Zeit für den Umzug geblieben. Außerdem war Brian zu meiner Erleichterung aus der Armee ausgetreten. Mit großer Sorge hatte ich den Krieg in Irland mitverfolgt und war plötzlich auch eine der Ehefrauen, die um ihren Mann bangen mussten. Die Armee verlangte damals 3.000 DM für den Freikauf. Ein befreundeter Apotheker lieh uns das Geld, ohne viel nachzufragen. Wir waren sehr dankbar und haben es bis auf den letzten Pfenning zurückgezahlt. Brian arbeitete nun bei einer Produktionsfirma.

Mittlerweile gab es vermehrt Nachwuchs im Freundeskreis. So blieben wir jungen Leute weiter zusammen, und kommentierten selbstironisch, dass aus unseren wilden Partys mittlerweile Sonntagstreffen am großen Familientisch mit anschließendem Spielplatzbesuch geworden waren.

Unser Stephen machte uns mit seinem fröhlichen Naturell viel Freude. Wir waren sehr stolz auf ihn und hörten mit gespielter Bescheidenheit nur zu gern, wenn andere sich über sein niedliches Erscheinungsbild äußerten oder sein liebes Wesen lobten. Bald schon konnten wir beruhigt mit ihm die Reise nach England wagen, um endlich auch den jamaikanischen Großeltern ihren Enkel vorzustellen.

Es muss Silvester 1985 gewesen sein, als die Familie in England ohne es zu wissen zum letzten Mal in dieser Vollständigkeit zusammen war. Danach trennten sich unsere Wege teils privat, teils beruflich derart, dass nie mehr alle in dieser Konstellation zusammentrafen. Sämtliche Geschwister waren also anwesend, Mary und David in bester Stimmung, Klein-Stephen krabbelte abenteuerlustig durch eine Menge Beine hindurch in der Hoffnung, von jemandem bespaßt zu werden. Er musste nie lange warten. Es gab Wein und Bowle, bestes Mary-Essen und Stephen steigerte die Stimmung enorm mit einer Break Dance-Vorführung. Mary sah öfter zum Fenster, als erwarte sie jemanden, und so war es auch. „Ich habe", sagte sie geheimnisvoll, „eine Überraschung für euch. Ich habe das Medium Les Simmons eingeladen, und er wird für jeden von euch ein kurzes Reading halten." Kurze Zeit später fuhr ein knallroter neuer Sportwagen vor. Verblüfft dachte ich, dass Medium durchaus ein begehrenswerter Beruf sein könnte, da entstieg der etwa fünfundfünfzigjährige Les in ziemlich ramponierter Bekleidung. Flicken an den Ellenbogen des karierten Sakkos hatte ja noch Stil, aber solch abgetragene Hosen und Schuhe (wenn auch blitzsauber) schienen doch ein bisschen merkwürdig. Vielleicht der viel zitierte spleenige Brite, überlegte ich, aber da stand der sympathische Les auch schon im Raum.

Seine spirituelle Ausstrahlung machte mich fast ein bisschen ehrfürchtig, und als ich an der Reihe war, sah er mich lange nachdenklich an. „Dein Leben", sagte er schließlich, „ist wie ein Garten. Du wirst viel darin arbeiten, aber du wirst auch ernten." Er beschrieb mir auch noch weitere meiner Geistführer. Bevor mein Reading dem Ende zuging, sah er etwas zur Seite und meinte eher beiläufig: „Your husband is gonna have another four children." Das traf mich wie der Blitz. Brian würde also noch vier Kinder bekommen. Aber es war in dem Moment klar, dass ich nicht die Mutter sein würde. Les behielt recht. Genauso wie mit der Prophezeiung, dass einer der Geschwister nach Plymouth gehen würde, um Karriere zu machen. Auch leben zwei der Schwestern, wie damals vorausgesagt, nun in den USA.

Les verabschiedete sich und nahm von Mary sein Honorar entgegen. Er bemerkte unsere Blicke zu seinem Sportwagen vor dem Haus und grinste sympathisch. „Den habe ich mir toll affirmiert, was?!", fragte er lachend. „Gewollt, und tatsächlich bekommen. Bei einer Lotterie. Ich muss an meiner Affirmationsweise aber noch arbeiten", fügte er mit kritisch gerunzelter Stirn an. „Ich hatte vergessen, den Unterhalt des Wagens miteinzubeziehen. Allein die Spritkosten …!" Und damit war er aus der Tür.

Es fiel mir schwer, meine persönlichen Aussichten zu verdrängen, aber irgendwie schaffte ich es, sie beiseitezuschieben. Nach den drei glücklichen Jahren, die mir mein Geistführer bei der Hochzeit vorausgesagt hatte, fing es an zu kriseln zwischen uns. Ich hatte das Gefühl, dass Brians Liebe nicht mehr nur mir galt. Er schien mir unverbindlicher, wich aus. Ich wurde gereizt und vorwurfsvoll. Gewisse Ausflüchte kamen mir immer verdächtiger vor, ich vermutete verbindliche weibliche Bekanntschaften in seinem Leben und lag damit, wie sich bald herausstellte, richtig. Es kam zur Krise mit allem, was Paare in solchen Situationen kennen, auch gescheiterte Versöhnungsversuche. Uns war klar, dass die Scheidung nur noch eine Frage der Zeit war. Verletzt, überreizt und überlastet reagierte ich mit Kränkeln. Als Brian mir mitteilte, dass seine Eltern zurück nach Jamaika gehen wollten, traf mich das wie ein Schlag. Natürlich wurde erwartet, dass wir nach England reisten, um uns zu verabschieden. In dieser Situation ein Spießrutenlauf. Brian bat mich inständig, den Eltern unsere Lage zu verschweigen. Das müssten sie doch nicht mit nach Jamaika nehmen. Ich verstand ihn und versprach, mein Bestes zu geben. Eine Bedingung stellte ich: Ich wollte noch einmal mit einem Medium dort sprechen. Was ich nämlich ganz dringend brauchte, war eine Art Absolution. Ich hatte bei der Eheschließung versprochen, meinem Mann ein Leben lang treu zur Seite zu stehen. Durfte ich mich überhaupt scheiden lassen? Wie stand ich mit diesem Bruch vor Gott?

Mir ist es bis heute ein Rätsel, wie Brian und ich es schafften, aus Liebe zu Mary und David die Fassade eines normalen Familienglücks aufrechtzuerhalten. Mein Kränkeln diente als Alibi für meine verhaltene Stimmung. Stephens Anwesenheit sorgte zeitgleich für Ablenkung. „Zum letzten Mal in der Smethwick Spiritualist' Church and Healing Sanctuary", dachte ich schweren Herzens. „Zum letzten Mal neben meiner Mary". Auch diesmal wurde ich von dem Medium angesprochen. „Befindet sich unter Ihren lieben Verstorbenen ein Arzt?", fragte das Medium. „Hinter Ihnen steht er nämlich, im weißen Kittel mit einem Stethoskop um den Hals." – „Äh, nein", sagte ich zögernd, während ich überlegte. Ein Arzt? Nein, definitiv nicht. „Er sagt mir, er passe auf Sie auf", informierte mich die Frau. Nun ja, ich konnte mir zwar keinen Reim darauf machen, aber schaden konnte so ein Mediziner im Kreis meiner geistführenden Unterstützer ja durchaus nicht.

Brian hielt Wort und organisierte einen Termin bei einem Medium. Betty wohnte in einem Vorort mit hübschen neuen Reihenhäusern und gepflegten Vorgärten. Sie begrüßte uns herzlich (Mary und Brian waren mitgekommen) und bot uns einen Platz im Wohnzimmer an. Als sie feinsinnig die angespannte Situation bemerkte, forderte sie mich eher beiläufig auf, doch einmal mit in die Küche zu kommen. Dort räumte Betty mit Worten der Entschuldigung etwas benutztes Geschirr zur Seite und sagte, hier sei es noch nicht aufgeräumt, aber wir wären ungestört. Sie setzte sich mir gegenüber an den Küchentisch, legte die Arme auf den Tisch und die Hände ineinander und sah mich direkt an. „You've come to me because you want me to give you an answer to a question", sagte sie. Betty kannte also meine Frage, denn sie fügte sofort an: „You may seperate from your husband" – Sie dürfen sich von Ihrem Ehemann scheiden lassen.

Ich schaute sie müde an und sagte kein Wort. Sie ergriff über den Tisch meine Hände, drückte sie sanft und fügte an: „He is thinking of the other woman right now as he is looking out of the window." Ich nickte und bedankte mich tonlos mit leiser Stimme. Brian dachte also gerade in diesem Moment an meine Nachfolgerin an seiner Seite, während er hier aus dem Fenster sah.

Im November 1987 zog Brian aus. Kurze Zeit später erfuhr ich von meiner zweiten Schwangerschaft und war so außer mir, dass ich das Medium Betty in England anrief. „Wieso haben Sie mir verheimlicht, dass ich wieder ein Kind von Brian bekommen würde und mich stattdessen bestätigt, mich von ihm zu trennen?", rief ich aufgewühlt ins Telefon.

Die Antwort kam ruhig und gefasst: „You're gonna loose it in a bang", sagte Betty mir den plötzlichen Verlust meines Ungeborenen voraus. Mir ging es körperlich immer schlechter, und im Dezember brach ich mit nicht auszuhaltenden Schmerzen im Unterleib zusammen. Wie ich es noch schaffte, Stephen dem Babysitter zu überantworten und ins Krankenhaus zu kommen, weiß ich nicht mehr. Mein Bauch krampfte, und ich hatte schlimme Blutungen.

Die Gesichter im Evangelischen Krankenhaus ließen Schlimmes ahnen. Minuten später befand ich mich im Rettungswagen auf dem Weg zur Uniklinik. Während ich dort im Eiltempo zum OP gefahren wurde, erhielt das Team Anweisung, die bereits in der Schleuse befindliche Patientin wieder auszuschleusen und mich als Notfall vorzulassen. Aus den Augenwinkeln sah ich noch, dass ausgerechnet eine Kollegin an mir vorbei raus-, und ich an ihr vorbei reingefahren wurde. Ein sehr freundlicher Arzt nahm mir durch seine Ruhe die Angst.

„Wir wissen im Moment noch nichts über die genaue Ursache Ihrer Komplikationen", informierte er mich sachlich. „Was immer wir vorfinden: Wenn wir das Kind retten können – wollen sie es haben?"

Natürlich wollte ich um alles in der Welt dieses Kind haben, wusste aber auch, dass mein eigenes Leben am seidenen Faden hing und dachte an meinen kleinen Jungen. „Gütiger Himmel", entfuhr es mir, „ich hoffe, Sie haben im Studium gut aufgepasst und wissen, was zu tun ist!"

Der Arzt lachte auf und zwinkerte mir humorvoll zu. Offensichtlich hatte ich mit Coolness gepunktet. Mit einem warmen Blick machte er mir Mut. Kurz bevor ich in die Narkose sank, kniff ich ungläubig die Augen zusammen. Hinter dem Spezialisten der Uniklinik stand der verstorbene Arzt im weißen Kittel mit Stethoskop um den Hals und passte auf mich auf.

Eine Eileiterschwangerschaft. Meine kleine Elisabeth hat nicht leben sollen. Ich erwachte, ohne meine Tochter kennen lernen zu dürfen. Meine Eltern standen an meinem Bett. Mein gepeinigter Vater war auf dem Flur Kreise gelaufen. Genau in meinem Alter war seine Mutter gestorben, er bestand nur noch aus Panik und seine Erleichterung war mit Worten nicht zu beschreiben. „Nur eine halbe Stunde später", wiederholte er flüsternd immer wieder die Worte des Arztes, „und du wärst tot gewesen."

Am 19. Dezember 1987 kam ich aus der Klinik nach Hause und zog einmal wieder Bilanz:

Brians Liebe zu mir erloschen, nächstes Jahr würden wir geschieden sein.

Allein mit Kind und aufgrund dessen das Jugendamt in der Tür.

Meine kleine Tochter verloren.

Meine Schwiegermutter Mary auf dem Weg nach Jamaika.

Na dann: Fröhliche Weihnachten!

5

Keine Frage, ich musste dringend aufräumen, und zwar in mir. Die Gedanken- und Gefühlsturbulenzen bezüglich meiner aktuellen Situation entwickelten die unangenehme Sogwirkung, längst bewältigt geglaubte Probleme meiner Kinder- und Jugendzeit gleich mit hochzuspülen. Während ich für Stephen und mich einen funktionierenden Alltag gestalten musste, verlor ich mich psychisch in inneren Monologen über die schicksalshaften Wendungen in meinem Leben. Ich krankte an der unguten Spannung, die zwischen mir und den zu meinem Leben gehörenden Menschen herrschte. Ich zog eine Therapie in Erwägung. Mary hatte meine Wahrnehmung für die Verantwortung geschärft, die wir selbst für unsere Seele haben. Gerade in spiritueller Hinsicht und mit Blick auf mediale Fähigkeiten, die anderen Menschen zugutekommen sollen, ist Selbstreflektion und Klarheit unabdingbar. Ich wollte wieder meinen Glauben fühlen, wollte in meiner Stärke und Struktur wurzeln und war bereit, dafür professionelle Begleitung anzunehmen.

Mittlerweile war ich von Brian geschieden. Meine Berufstätigkeit sicherte mir immerhin ein Auskommen. Auch erwies sich das Jugendamt bei der Unterbringung meines Jungen in einem Hort als große Hilfe. Die sensible Mitarbeiterin vom Jugendamt hatte vorab geradezu um Entschuldigung gebeten, dass sie meinen Sohn fragen müsse, bei welchem Elternteil er lieber leben wolle. Ich befand mich im Nebenraum und zählte nervös erst die Sekunden, dann die Minuten bis zu seiner Antwort. Eine Entscheidung zu treffen, brachte Stephen bereits bei der Frage nach einem gewünschten neuen Spielzeug oder einer Eiscremesorte an den Rand der Überforderung. In seiner Not, eine Wahl zu treffen, hatte er nicht nur einmal lieber ganz auf etwas verzichtet. Eine harte Geduldsprobe für mich und gefühlte Ewigkeiten, bis seine Kinderstimme ertönte: „Bei Mama." Ich könnte an dieser Stelle schildern, wie mir das mütterliche Herz schmolz, wie ich ins Zimmer ging, und Stephen seine kleine Hand fest in meine legte, gefolgt von anderen rührenden Details. Ich bin aber lieber ehrlich und gönne jedem den Lacher: Als ich mein Kind fragte, warum es denn bei mir bleiben wolle, antwortete es: „Mama, du hast Kabelfernsehen."

Nun ja, dachte ich, der emotionale Aspekt von Technik wird doch völlig unterschätzt.

Mit der Trennung von Brian trudelte ich zwar nicht unbedingt in eine Isolation, aber doch zumindest in die Stille. Für insgesamt fast neun Jahre lebte ich eher zurückgezogen ohne viele soziale Kontakte. Das ergab sich zum einen aus der Situation als Alleinerziehende. Zum anderen nahm meine Entwicklung zum Medium ihren Lauf, und die Zurückgezogenheit erwies sich dafür als gute Voraussetzung. An einem Silvesterabend kurz nach der Scheidung ergab sich für mich tatsächlich die Gelegenheit, doch wieder einmal auszugehen und zu feiern. Ich fand mich in der etwas düsteren, westfälisch ausgestatteten Kneipe „Bullenkopp" ein und genoss nach langer Zeit wieder einen ausgelassenen Abend. Ich machte mich auf den Weg zum WC und griff nach der Klinke, da wurde die Tür im gleichen Moment von innen geöffnet. Mir kam – oder besser: schwankte – eine junge Frau entgegen. Sternhagelvoll und mit einem beeindruckenden blauen Auge, bei dessen Anblick ich schmerzhaft die Miene verzog. Dann gab es irgendwo in meinem Kopf ergiebig Licht, und ich fragte sie aus dem Nichts: „Kennst du einen guten Therapeuten?" Sie blickte mich lange an, dann griff die Frau wortlos in ihre Tasche, riss irgendwo einen Zettel ab, krakelte eine Telefonnummer darauf und gab sie mir. So kam ich zu Maria Lutter.

Termine hatte die Psychotherapeutin nicht mehr frei, sie war völlig überlaufen. Im Telefonat mit ihr ließ ich eher nebenbei ein kurzes Bibelzitat einfließen, das völlig überraschend für mich zum Türöffner geriet. Maria war sehr gläubig, horchte auf und bestellte mich ein. Heute noch danke ich allen, die an dieser Fügung mitgewirkt haben, denn für mich war diese Psychotherapeutin ein Glücksfall. Jegliche Überlegungen meinerseits, dass ich meine außergewöhnlichen Sinneseindrücke und Wahrnehmungen vielleicht besser nicht preisgäbe, damit sie nicht als eigentlicher Therapiegrund missverstanden würden, erwiesen sich als unnötig. Von Beginn an nahm Maria meine Medialität als Selbstverständlichkeit wahr. Durch das stille Einverständnis unserer spirituellen Ausrichtung befanden wir uns im entspannten Gleichklang, und Maria war mir sowohl wirkungsvolle Therapeutin auf Augenhöhe als auch Lehrerin für therapeutische Basiskenntnisse. Bis heute empfinde ich Dankbarkeit für die Einblicke, die für den adäquaten Umgang mit den Problemen meiner Klienten als große Unterstützung dienen. Meine eigene

Therapieerfahrung und Marias fachliche Erläuterungen erwiesen sich für meine Beratungstätigkeit als Medium also auch von unschätzbarem Wert. Ich erkenne schnell, wann ich bei einem Rat suchenden Menschen mit meinen Möglichkeiten an meine Grenzen stoße und ihm besser eine Therapie ans Herz lege. Das schließt Suchtproblematiken selbstverständlich ein. Da wir gerade beim Thema sind: Bei gesundheitlichen Problemen sollte man kein Medium konsultieren, sondern einen Mediziner. Ich beschränke mich bei der Beratung lediglich auf die Aspekte, welche Rolle die Seele in diesem Fall spielt, was sie sagen möchte. Und ich berate dahingehend, welche mentale Einstellung und Lebensführung die Seele stärkt. Dass eine gesunde Seele natürlich auch die körperliche Gesundheit positiv beeinflusst, ist mittlerweile Allgemeinwissen. Aber es wäre grob fahrlässig, Klienten mit Symptomen einer ernsthaften Erkrankung nicht sofort zum Arzt zu schicken.

Ich arbeitete also mit Maria Lutter meine familiären Spannungen und Verletzungen der früheren und unmittelbaren Vergangenheit auf. Meine Gegenwart krankte leider an einer schmerzhaften Leere. Ich litt unter der Sehnsucht nach spirituellem Austausch und Kontakt zu Medien. Ich vermisste Mary und ihr Umfeld bitter. Täglich wurde ich durch meine britischen Kolleginnen der Rheinarmee an meine Besuche in Birmingham und diesen selbstverständlichen Umgang mit „Psychics" erinnert. Eines Nachts hatte ich einen merkwürdigen Traum. Das Ausgangsbild mutete zunächst grafisch an. Auf einer Linie entstanden in einem gewissen Abstand zueinander zwei gleichförmige Würfel. Mir erschien es, als würden sie wachsen, während sich in ihnen im Irrsinnstempo Bilder abspulten, parallel wie in zwei Filmen. Die Filminhalte allerdings waren unterschiedlich, obwohl beide „Würfel" ein Leben zeigten – meins. Mit flackernden Sinnen verfolgte ich träumend zwei Entwicklungen meines Lebens gleichzeitig. In dem einen Würfel sah ich den Verlauf meines weiteren Lebens ohne Medialität. In dem anderen Würfel liefen alternative Sequenzen meines künftigen Lebens ab. Voraussetzung war die Entscheidung, meine Medialität zu leben. Ich schreckte hoch. Verwirrt von der kolossalen Bilderflut und den Botschaften strich ich mir die schweißnassen Haare aus dem Gesicht und versuchte, durch bewusstes Atmen mein rasendes Herz zu beruhigen. Ich schwang die Beine aus dem Bett, um Boden unter den Füßen zu fühlen. Dann ordnete ich meine Gedanken. Meine Geistführung verlangte eine klare Entscheidung von mir, und zwar bald. Wie wollte ich leben? Mir war, als sollte ich endlich meinen Auftrag annehmen, ein deutliches Ja sprechen. Nach einem Glas Wasser streckte ich mich wieder im Bett aus, atmete tief durch und war so erschöpft von den Eindrücken, dass ich tatsächlich wieder in den Schlaf fand.

Beim nächsten Nachtdienst neckte mich eine Kollegin in der Telefonzentrale wegen meiner offensichtlichen geistigen Abwesenheit. Ich grinste etwas gequält zurück und erzählte ihr, wie gern ich wieder Kontakt zu einem Medium hätte. „Du weißt schon", sagte ich, „die eigene Situation bisschen reflektieren, den Faden nicht ganz verlieren ..." – „Na ja", antwortete sie zögernd. „Es gibt da diese Offiziersgattin, Tricia. Ihr Mann war in den Oxford Barracks. Ich glaube, er wurde aber gerade versetzt. Sie arbeitet eigentlich nicht mehr als Medium. Jetzt während des Golfkriegs hat sie das alles nicht mehr ertragen können, die große Angst und all die Fragen der Frauen nach ihren Männern ... Aber", fügte sie mit einem Schulterzucken hinzu, „du kannst es ja mal versuchen." Sie schob mir eine Telefonnummer herüber.

Tricia wirkte am Telefon nicht unhöflich, aber wie jemand, der aus Selbstschutz abweisend reagiert. Zumindest hörte sie mir zu und erfuhr, dass meine Bitte nichts mit dem Golfkrieg zu tun hatte. „Okay", willigte sie schließlich ein, „kommen Sie vorbei." Ein bisschen unangenehm war es mir schon, die Offiziersfrau mit meinen Nöten zu behelligen, während sie quasi auf gepackten Koffern saß. Natürlich hatte sie mit ihrem Feingefühl meine Lage längst erfasst und versprach schließlich mit einem warmen Lächeln, mir zu helfen. Wenig später erhielt ich eine Karte mit sehr herzlich formulierten besten Wünschen für mich und einer Telefonnummer in England.

Bei dem Kontakt handelte es sich um eine Sheila Smith, so las ich, und sie war Präsidentin einer Gemeinde der Spiritualist' Church im Bezirk West Riding, Yokshire. Ohne zu zögern rief ich an und trug der Frau, der die fröhliche Stimme am anderen Ende der Leitung gehörte, mein Anliegen vor. „That's very funny", kommentierte sie amüsiert meinen Anruf, „ich habe mir immer eine ausländische Studentin gewünscht. Bedauerlich, dass Sie so weit weg sind, sonst könnten wir uns eben auf eine Tasse Tee verabreden." – „Och", erwiderte ich unbekümmert und aufgeregt, „ich frage sofort, wann ich schnellstmöglich freinehmen kann und komme gern zu Ihnen!" Möglicherweise, so schien mir, war die gute Sheila eher etwas konsterniert als amüsiert, aber darauf konnte ich keine Rücksicht nehmen. Eine Einladung zum Tee ist eine Einladung zum Tee. Ich war fest entschlossen, sie anzunehmen. Sommer 1992. Der mittlerweile zehnjährige Stephen schaute müde blinzelnd aus dem Zug. Unser Wecker hatte früh geklingelt, damit wir pünktlich die Fähre von Belgien nach Dover erreichten. Trotz seiner Müdigkeit freute er sich riesig auf eine Woche Ferien bei seiner Tante. Brians Schwester hatte gleich zugesagt, ihn zu betreuen, als ich ihr von meinem Vorhaben erzählte, Sheila Smith in Yorkshire zu besuchen. Ich brauchte mir keine Sorgen zu machen, denn mein Sohn trug mit seiner Verständigkeit, seinem mitfühlenden Wesen und seiner Unkompliziertheit sehr dazu bei, unser kleines Familienleben glücklich und fröhlich zu machen. Die Fröhlichkeit von Brians Schwester bei der Begrüßung hingegen wandelte sich in blankes Entsetzen, als sie von mir erfuhr, dass ich nichts hatte außer Sheilas Telefonnummer. „Geht's noch?!", fragte sie mich entgeistert. „Du reist zu wildfremden Leuten und hast noch nicht einmal eine Adresse?" Sie bedachte Stephen, der mittlerweile wieder putzmunter mit seinen Cousins und Cousinen herumtobte, mit einem Blick, als sei er schon Halbwaise. „Ich melde mich schnellstmöglich", versuchte ich sie am Folgetag bei meiner Abreise zu beruhigen, umarmte alle Lieben und machte mich auf den Weg Richtung Victoria Station. Mein Zug nach Yorkshire wartete auf mich.

Je sanfter die grünen Hügel, die am Zugfenster vorbeizogen, desto einsamer auch die Ortschaften. Die typischen Steinmauern prägten das Bild in der Weite der Landschaft. Pittoreske Höfe, abenteuerlich anmutende Brücken, alte Kirchhöfe, kleine Shops – ich reiste in ein altes, mancherorts verwunschen anmutendes England. Kein Wunder, dass mich doch etwas Unsicherheit überkam, als der Zug dann weiterfuhr und mich auf einem ausgestorbenen Bahnsteig vor einem winzigen, ebenfalls unbelebten Bahnhofsgebäude alleine ließ. Ich griff nach meinem Gepäck und lenkte meine Schritte zögernd Richtung Vorplatz mit den leeren Zufahrtsstraßen. Lebte hier jemand? Genau in diesem Augenblick fuhr ein knallgelber Kleinwagen in beachtlichem Tempo vor und hielt mit quietschenden Reifen. Die Tür öffnete sich, aber es dauerte einen Moment, bis sich die Fahrerin herausgewunden hatte. Da stand sie nun sympathisch mollig in einem verwickelten Cape und wedelte euphorisch den Arm durch die Luft. „Hello, you must be Stefanie", rief sie strahlend.

„Sheila Smith war wie verabredet gekommen, um mich abzuholen", konnte ich meiner erleichterten Ex-Schwägerin später am Telefon mitteilen. Aber nun umarmte ich erst einmal die sonnige Mittfünfzigerin, die ihre kinnlangen, aschblonden Haare öfter einmal mit einer rigorosen Bewegung nach hinten warf, wenn sie ihr ins Gesicht fielen. Später sah ich sie auch mehrmals mit im Nacken zusammengefasstem Haar. Ihre lebhaften Augen musterten mich wohlwollend durch eine unnötig große Hornbrille. Beim gelegentlichen Blick zur rasanten Fahrerin stellte ich dann fest, dass ihr schwarzes Cape nicht aus Mohair gewebt war, wie ich ursprünglich dachte, sondern dass zahlreiche Hundehaare es besonders flauschig wirken ließen. Der Vollständigkeit halber muss ich erwähnen, dass ich selbst ein Bild bot, als sei ich die Brutstätte der 80er-Jahre-Mode. Eine wilde, blond gefärbte und dauergewellte Mähne fiel mir auf die breit gepolsterte Schulterpartie meiner leichten Jacke. Im Gegensatz zur oberen Wikingergestalt erschien das Röckchen darunter eher schmal und kurz. Alles recht knallfarbig bis auf die Nylonstrümpfe in den hohen Schuhen. Nicht nur aus heutiger Sicht mussten wir ein sehenswertes Paar abgegeben haben, als wir in den gelben Wagen stiegen. Wir waren uns von der ersten Sekunde an vertraut und plauderten los als wären wir alte Freundinnen, die sich wiedersehen.

Wenig später saß ich dann auf einem bunten Sofa, eingerahmt von einem riesigen Hund rechts und seinen beiden Kumpels der Rasse „Kälber" links. Alle drei hechelten mir grinsend ins Gesicht. Ich grinste freundlich zurück. Warum auch nicht, ich mag Tiere. Im Laufe meines Aufenthalts stellte ich fest, dass es sich um englische Rassen handeln musste: Die Herrschaften Hunde tranken aus Teetassen. Sheilas Ehemann, ein Heiler, ruhte gelassen im gemütlichen Chaos aus Bügelwäsche, wohin man sah, und Zeitungsstapeln auf dem wildgemusterten Teppich. Der stand für den deutschen Geschmack im interessanten Spannungsverhältnis zum farbenprächtigen Sofabezug. Der Blick aus dem Wohnzimmerfenster des Reihenhauses offenbarte einen schmalen Garten, der machen durfte, was er wollte. Er wollte nicht viel. Alles in allem schien eine gewisse finanzielle Schieflage zu herrschen. Mich kniff ein bisschen das Gewissen, den lieben Leuten nun auch noch eine Woche als Gast zur Last zu fallen, aber umso dankbarer war ich natürlich für die Selbstverständlichkeit, mit der sie mich willkommen hießen. Ich wohnte in einem geradezu niedlich engen Zimmer in der oberen Etage, dessen

Wände gerade einmal einem halben Fenster direkt über dem Kopfende meines Bettes Platz boten. Das Gepäck irgendwo zu verstauen, erwies sich bereits als hohe Kunst. Ein altrosafarbener Teppich verlieh meiner Kemenate anheimelnden Charme. Bevor ich ins Bett fiel, wurde ich in Sheilas winziger Küche noch mit Essen versorgt. Der Speisezettel der kommenden Tage erfreute mich, denn es gab unkompliziert Sättigendes auf britische Art. Berge von Sandwiches, die auf dem typischen Toaströster-Aufsatz direkt auf dem Herd rasch kross wurden. Pommes, Bohnen, Cheddar-Käse, Eier, Speck, nicht zu vergessen den literweise verkonsumierten Tee – ich war wieder in England!

Während ich Sheila am nächsten Morgen dabei half, das Frühstücksgeschirr abzuräumen, sah sie mich durch ihre auffallende Brille halb prüfend, halb nachdenklich an. „Stefanie, you're a teacher, aren't you?", stellte sie fest, ich müsse wohl Lehrerin sein. „No, I am a telephonist", teilte ich ihr mit, und mir schoss durch den Kopf, dass Sheila als Medium nicht wirklich so eine große Nummer sein könne, wenn sie schon mit der Berufsfrage dermaßen daneben lag. Sie neigte den Kopf ein wenig zur Seite und sah mich noch sinnierender an als vorher. „No, … no", erwiderte sie zögernd, und betonte jedes Wort: „You are a spiritual teacher." Was mich damals irritierte und allenfalls als Vorschusslorbeeren von mir abgewiegelt wurde, hat sich letztendlich – Respekt, liebe Sheila! – als richtig herausgestellt. Ich bin spirituelle Lehrerin.

Meine Achtung vor Sheilas medialen Fähigkeiten wuchs in meiner Woche als ihre Schülerin täglich. „Ich habe viel zu tun", hatte sie mir mitgeteilt, „und du kannst mich begleiten." Und so lernte ich weniger theoretische Grundlagen wie bei Mary, sondern beobachtete das Medium Sheila Smith im praktischen Umgang mit ihren Klienten. Hoch konzentriert, äußerst motiviert und fasziniert sog ich alles auf, um es zu verinnerlichen. Sheila arbeitete mit Tarotkarten. Eines ihrer Lieblingssets mit Katzenmotiven schenkte sie mir. Ich halte es heute noch in Ehren. Jede einzelne der klassischen Tarotkarten steckt allein für sich voller Symboltiefe. Die Deutung der gelegten Kombinationsmuster aus mehreren Karten stellt schon eine kleine Wissenschaft für sich dar.

Glücklicherweise gibt es für Anfänger eine schlichtere Variante, die so genannten „Psychic Cards", kurz: Psycards. Das klassische Tarotdeck besteht meist aus 78 Karten, deren Kenntnis und Interpretation man sich fundiert erarbeiten muss. Die einfacheren Psycards kommen mit 40 konkreten Motiven aus. Es gibt schlichte Ja- oder Nein-Karten sowie die Aufschrift „Niemals" oder „Jetzt" und sonst ausschließlich Begriffe wie beispielsweise Wanderschaft, Liebe, Vergangenheit, Freundschaft. Diese reduzierte Version erschließt sich schneller macht Medium-Anfängern den Einstieg in die Arbeit mit Klienten leichter.

Da mich Ratsuchende, die an einer Sitzung interessiert sind, oft fragen, was denn „richtig" und was „Humbug" sei, ob man also eher zum Kaffeesatzleser, zum Kartenleger, zum Schreibmedium oder zum Runenwerfer gehen sollte, sei Folgendes erklärt. Es sind ja nicht wir Medien, welche beispielsweise die Gründe für die Probleme ihrer Klienten sehen oder Potenziale für ihre Zukunft. Es ist unsere Geistführung, die diese Informationen schickt, um zu helfen. Wir Medien fungieren als Vermittler. Wir verfügen über die Hellfühligkeit und die durch Meditation höheren Schwingungen, um die übermittelten Informationen wahrzunehmen. Durch eine fundierte Ausbildung mit praktischen Übungen und durch langjährige Erfahrung haben wir Medien gelernt, die übermittelten Eindrücke (sei es etwa ein Druckgefühl im Nacken, der Geruch von Äpfeln oder das Bild eines Dampfers) auch richtig zu interpretieren. Geistführer verfügen nun einmal nicht über ein Handy und müssen andere Wege finden, die Information zu übertragen. Zu diesem Zweck nutzen sie eine Symbolsprache, lenken also die Blicke des Mediums auf Farben oder Szenen in einem Bild, machen auf Zahlenfolgen aufmerksam oder sorgen für Eingebungen, die sich aus den Karten ergeben oder aus der Form des Kaffeesatzes. Jedes Medium wird über kurz oder lang während seiner Ausbildung herausfinden, auf welchen Wegen es die Informationen am klarsten wahrnehmen kann. Besonders erfahrene oder talentierte Medien benötigen nur noch den Kontakt zur Geistführung, dann spult sich der Film vor dem geistigen Auge von selbst ab. Zu fragen, ob nun eine aus dem Kaffeesatz gelesene Botschaft für den Klienten eher wahr sei als die aus den Karten, entspricht der Frage, welcher Inhalt „wahrer" sei: der einer E-Mail, eines Telefonats, einer WhatsApp oder eines Schriftstücks. Auf welchem Weg das Medium die Botschaft erhält, ist also kein Kriterium für den Wahrheitsgehalt, sondern beschreibt nur die Arbeitsweise, die dem jeweiligen Medium am besten liegt.

Karten waren übrigens noch nie mein Fall. Als Sheila sie mir in die Hand drückte, reagierte ich etwas unbeholfen und sagte: „Ich spiele eigentlich nicht gern Karten." Sheila quittierte den Einwand mit einem „Shut up! You're going to work now." Eine klare Ansage, die Klappe zu halten und zu arbeiten. „Du hast mir zugeschaut? Okay, heute bist du selbst an der Reihe. Ich erwartete einige Menschen zu Sitzungen. Sie sind damit einverstanden, dass meine Hospitantin mit ihnen übt. Zunächst werde ich also für sie aus den Karten lesen, und dann setzt du dich hierher, und sie kommen zu dir."

Das kam überraschend, bereitete mir aber eigentlich kein Herzklopfen. Ich war viel zu sehr daran interessiert, wie das funktioniert. Ich wollte endlich meiner Bestimmung nachgehen und mich in den göttlichen Dienst stellen, anderen mit meiner Gabe zu helfen. Mit einem Schuss prickelnder Neugier, echtem Wissendurst und gespannter Erwartung sah ich meiner ersten „Sitzung" als junge Medium-Hospitantin entgegen. Diese unbeschwerte Einstellung hat mir stets geholfen. Leider erlebe ich es als Lehrerin in meinen Ausbildungskursen nicht selten, dass Schüler sich durch eigene Leistungserwartung selbst blockieren. Ich wünsche jedem diese Unbefangenheit beim Ausprobieren, dieses sich einfach Einlassen und voller Freude und Staunen erleben, was passiert. Vielleicht steht uns hier unsere deutsche Mentalität der Perfektion im Weg. Meine Ausbildung in England, auch später am Arthur Findlay College, jedenfalls war geprägt von Leichtigkeit und Experimentierfreude. Ich machte es also wie Sheila, begrüßte die Leute freundlich und fand einige Worte zur Lockerung des plötzlichen Miteinanders in so vertraulicher Situation. Ohne mir groß etwas zu denken, legte ich eine gewisse Anzahl der gemischten Karten auf den Tisch. Ich schaute mir die Bilder an und dachte, was ich schon immer bei ihrem Anblick gedacht habe: hübsche Motive. Die Sonne, die Freundschaft, Werkzeug, die Mutter und etliche mehr. Eine sinnhafte Verknüpfung oder gar visionäre Eingebungen blieben allerdings aus. Ich grübelte. Stand die Freundschaft unter wärmendem Einfluss, oder musste an ihr gearbeitet werden? Weg mit den Gedanken, das waren ja reine Kopfgeburten. So ging das nicht. Fragend blickte ich zu Sheila hinüber. Als sie meinen Blick sah, schien ihr plötzlich eine Idee zu kommen, und sie verließ mit einer kurzen Entschuldigung das Zimmer.

Ich seufzte und blickte wieder auf die Karten. Nein, dieses Mal blickte ich *in* die Karten. Ich wusste gar nicht, wie mir geschah. Eine merkwürdige

Form der Dreidimensionalität zog mich in die Bilderwelten hinein und ich sah – alles! Das Leben meines Gegenübers lag wie ein lebendiges Buch vor mir. Gleichzeitig schien ich in Filmsequenzen vor- und zurückspulen zu können. Ich hörte mich selbst ununterbrochen reden, wo es Konflikte gab und mit welchen Stärken die Klientin wieder herausfinden könnte. Ich legte ihr ans Herz, sich in Liebe und Verständnis mit den Eltern zu versöhnen. Vorsichtig lotete ich die Tiefen der Menschen aus, fühlte ihre Nöte und verließ mich darauf, dass meine Geistführung mir nicht nur die Informationen schickte, sondern auch sensible Worte für schmerzhafte Bereiche. Kaum war der Konflikt benannt, öffnete sich mir der Blick für die Motivdeutung der weiteren Karten, manchmal nur auf ein Detail im Hintergrund des Bildes. So erkannte ich Schlüsselhinweise für nächste Schritte, die hilfreich sein konnten. So wie ich das Gefühl hatte, dass sich meine Aussagen sinnhaft zu einem großen Ganzen schlossen, ebbte die Flut aus Gefühlen, Gedanken und intuitivem Wissen über dieses fremde Leben vor mir langsam ab. Wie ich es bei Sheila erlebt hatte, fasste ich (überdreht und erschöpft zugleich) alles noch einmal prägnant zusammen und entließ meinen ersten Klienten. Keine zwei Minuten später saß der nächste vor mir. Eine Chinesin suchte verzweifelt ihre Katze, ein älterer Herr suchte Vergebung. So facettenreich wie das Leben selbst waren auch die Herzensanliegen, mit denen die Menschen kamen. Die Karten lebten, sprachen, zeigten mir unter dem Einfluss meiner Geistführung unglaubliche Zusammenhänge, und ich begriff zwei Dinge: Wie sehr jede Menschenseele nach Frieden, Glück und Liebe dürstet, und wie groß die Verantwortung eines Mediums den Ratsuchenden gegenüber ist. Meine ersten selbst erlebten Sitzungen als Medium empfand ich wie einen Rausch, und ich freute mich aufgeregt wie ein Kind über meinen Erfolg.

Sheila hatte die Leute im Flur angesprochen und um eine Einschätzung meiner Arbeit gebeten. In allen Fällen lautete die Antwort: „Diese deutsche Frau hat alles genauso gesagt wie du vorher in deiner Sitzung." Sheila war stolz auf ihre ausländische Schülerin. Natürlich habe ich auch meine Grenzen erfahren, ich fing ja gerade an. Das Blau des Vorhangs auf der Karte des Narren hatte so überbetont geleuchtet. Und warum waren mir bei der Karte des Weisen die Waagschalen im Regal so aufgefallen? Ich musste dringend an einem Farbkodex und an einem Notizbuch für Symbole arbeiten. Das war auch wichtig für meine Geistführung.

Jede Geistführung stellt sich auf die Arbeitsweise des Mediums ein. Gemeinsam entwickelt man eine Sprache für die mediale Arbeit. Deshalb sollte sich jedes Medium in der Ausbildung auch intensiv damit beschäftigen, welche Informationen auf welche Weise zu deuten sind. Nehmen wir an, der Geistführer bzw. der Verstorbene schickt während der Sitzung das Bild von Weizenähren. Zunächst kann man den Klienten fragen, ob es ein Hinweis an ihn ist, ob er etwas damit verbindet. Möglicherweise lacht er ein wenig wehmütig und erinnert sich, dass seine verstorbene Großmutter diese Halme gern in Herbstkränze gewunden hat. Kommen in Folge noch weitere Zeichen, die der Großmutter zuzuordnen sind (die geblümte Kaffeekanne, ein Kreuzworträtselheft), so ist sie da und möchte kommunizieren. Ist das Bild nicht konkret als typisches Erkennungsmerkmal der verstorbenen Person zuzuordnen, muss der Symbolgehalt der Botschaft reflektiert werden. Dann sagt das Medium beispielsweise: „Ihre Großmutter legt prächtige goldene Ähren auf einen Schreibtisch. Stehen Sie vor einer Prüfung oder Beförderung? Sie macht Mut auf reiche Ernte, also Erfolg." Der Klient wird sich freuen, dass seine zu Lebzeiten so geschäftstüchtige Oma nun Freude daran hat, ihn bei seinen Projekten zu begleiten und zu ermutigen.

Zudem können Medien je nach Arbeitsweise in Karten/der Aura/dem Mandalabild etwa nach Hinweisen für Ressourcen und Potenziale oder Botschaften schauen. Dort sehen sie anhand von Farben, Gefühlen, Bildern, was hilft. Ein schlafender Hund mag für die Treue eines längst vergessenen Freundes stehen, den man nur wecken – sprich anrufen – müsste. Und so führt die Geistführung die Medien – jedes auf seine individuelle Weise – Schritt für Schritt zur Hilfe für die Seele des Klienten. Wie bei jeder professionellen Arbeit bedarf es auch bei Medien einer fundierten theoretischen wie praktischen Ausbildung und sehr viel langjähriger Praxis. Zum einen gilt es, professionell konzentriert, sensibel und reaktionsschnell den Nuancenreichtum der geistigen Botschaften zu erfassen, zum anderen muss man ihn richtig interpretieren. Dafür sollten Medien ihren eigenen Symbol- und Farbkodex dokumentieren.

Sheila bestärkte mich sehr darin, mir gleich nach den ersten praktischen Erfahrungen Notizen über Symbole und Farben für eigene Arbeitsunterlagen zu machen. Dann legte sie mir die Hand auf die Schulter und sagte lächelnd: „And then, I think, it's time to go to bed." Bett – ja, fantastische Idee nach diesem ereignisreichen Tag. „Ach ja", rief Sheila mir noch zu, als ich schon halb auf der Treppe stand, „morgen stelle ich dich ein paar Freundinnen von mir vor!" So tauchte ich direkt am nächsten Tag schon wieder ein in die Welt der Medialität und gelebten Spiritualität. Ich genoss die Atmosphäre jede Sekunde. In Deutschland arbeiten die Medien vornehmlich in Form von Live-Darbietungen, dem persönlichen Klientenbesuch oder auch Seminaren und Gruppenveranstaltungen. Den Medien der Spiritualist' Church in England hingegen obliegen auch ganz normale spirituelle Aufgaben. Man mag es in etwa mit Pfarrern vergleichen. Es werden Services, also Gottesdienste gehalten. Medien sind aktive Seelsorger in ihrer Gemeinde in allen menschlichen Belangen von der Wiege bis zur Bestattung. Jenseitskontakte gelten nicht als zu beargwöhnender Hokuspokus, sondern spenden Trost und helfen, im Hier und Jetzt ein authentisches Leben mit Gott zu führen. Mir tat diese Selbstverständlichkeit sehr gut. Sheila berichtete ihren Freundinnen und Kolleginnen begeistert von meinen Arbeitsproben. Obwohl ich eigentlich bescheiden zu Boden schauen wollte, strahlte ich alle breit und fröhlich an. Ich hatte endlich meinen Weg gefunden, und hier standen meine lebendigen Vorbilder. Die sympathische Runde ließ mich Deutsche gleich in ihren Kreis. Sheilas Freundinnen neckten mich mit kleinen psychic-Aufgaben. Als ich den Frauen ohne zu zögern Dinge auf den Kopf zusagte, wurden die Augen groß und die scherzhaften Bemerkungen verstummten. „Du kannst richtig was", fasste eine von ihnen das stumme Staunen zusammen. Mit leuchtenden Augen zollten sie mir aufrichtig Respekt. Mir hatte lange nichts mehr so gutgetan. Die Abende bei Sheila dienten dem Ausruhen und Entspannen. Wir plauderten über Persönliches oder schauten zusammen Videofilme und futterten Snacks.

Für die Beschreibung meiner Erlebnisse während meines Aufenthalts bei Sheila müsste ich in eine Kiste voller Superlative greifen. Welten öffneten sich in einer Rasanz und Intensität, dass ich mich heute noch frage, wie ich das damals alles eigentlich verarbeitet habe. Diese Woche machte wett, was Jahre vorher vor sich hin gekümmert war. Mir war, als wäre ich ein Baum, dessen Wurzeln endlich energetische Nahrung und spirituelles Wasser bekam, und in kürzester Zeit nicht nur wuchs, sondern gleichzeitig auch Unmengen an Blättern trieb und dessen Blütenfülle förmlich explodierte. Bei aller inneren Begeisterung war mir immer bewusst, dass die Früchte allerdings noch einer tiefen Reife bedurften. In meinen 38 Lebensjahren hatte ich zwar schon eine Menge erlebt. Ich galt auch als „alte Seele", aber um wirklich zu helfen, mussten über Jahre noch Weiterbildung und Praxis her. Und Persönlichkeitsbildung. „Erfahrungen", dachte ich, „ja, bitte reichlich!" Und ich sollte sie erhalten. Wenn ich gedacht hatte, Sheila hätte schon mächtig ausgepackt, so wurde ich eines Besseren belehrt. Bei einem sogenannten „Psychic Fair" ging es erst so richtig los.

Wie ich bereits erklärte, genießen Medien in England ein ganz anderes Ansehen als bei uns. Auralesen und Jenseitskontakte werden nicht beargwöhnt, sondern gern als Lebenshilfe angenommen. Deshalb tue ich mich mit der Übersetzung von „Psychic Fair" ein bisschen schwer. Wörtlich übersetzt als „Hellfühligkeits-Jahrmarkt" unterstreicht leider das hier immer noch überwiegende Vorurteil der Scharlatanerie. Auch der in Deutschland für ähnliche Veranstaltungen eingeführte Begriff „Esoterik-Messe" trifft es nicht. Vielleicht passt das Wort „Medialer Basar" am besten, denn wie bei einem Basar kommen Medien an einem Ort zusammen (in diesem Fall ein gemietetes Jugendheim), um ihr ganz persönliches Wirken an interessierte Menschen weiterzugeben. So fand man an den Tischen etwa Geistige Heiler, Handleser, Kartenleger, aber auch Schreibmedien oder Ansprechpartner für die Wirkung von Edelsteinen. Die Besucher konnten in Ruhe schauen, wovon sie sich angesprochen fühlten, konnten die Dienste in Anspruch nehmen oder Fragen stellen. Kein Medium wich einer ehrlichen gemeinten Diskussion über seine Arbeit aus. Kein Medium versuchte mit Macht, etwaige Zweifel aus dem Weg zu räumen. Toleranz, Respekt und die Erkenntnis, dass jeder seinen eigenen Weg geht, sorgten beim Psychic Fair für eine Atmosphäre voller Harmonie und des unvoreingenommenen, gegenseitigen Interesses.

Sheila gab Workshops und setzte mich als Vertretung an ihren Tisch. „Du kannst so lange üben", erklärte sie knapp, drückte mir die Karten in die Hand und verschwand. Als ich hochsah, stand tatsächlich jemand vor mir, der mich um eine Sitzung bat. Als ich ihn verabschiedet hatte und das nächste Mal hochsah, stand da etwas, was für England sehr typisch, für mich aber äußerst verwirrend war: eine lange Schlange. Ich arbeitete ohne Pause, legte das eingenommene Geld für Sheila an die Seite und arbeitete weiter. Ohne es zu merken, hatte ich mich längst von den Karten gelöst. Ohne zu wissen wie, fühlte ich mich in die jeweilige Aura der Menschen vor mir ein, erlebte sie mit, sah sie, wusste von ihren Sorgen und Hoffnungen. Meine Geistführung leistete Unglaubliches, denn unaufhörlich legte sie Bilder und Worte nach, damit ich trösten und auf Chancen verweisen konnte oder schlichtweg Antworten gab. Schon damals hielt ich mich mit deutlichen Anweisungen für weitere Schritte zurück. Vielleicht half mein Respekt vor den teils sehr viel älteren Menschen, um nicht altklug Ratschläge auszuteilen. Erst später erfuhr ich in weiteren Ausbildungen, dass seriöse Kolleginnen und Kollegen es genauso praktizieren: immer auf den Weg helfen, aber nie den Weg vorgeben.

So allmählich kam ich an dem Tischchen an meine Grenzen. Soeben trat ein älterer Brite ein, dessen wohltuende Ausstrahlung ich sofort empfand. Er schlenderte von Stand zu Stand, wechselte hier und da einige Worte und blieb bei mir stehen. „You must have some healing", bot er mir Heilung für meine Erschöpfung an. Er stellte sich als Heiler vor, und als er seine Hände über mich hielt, um einen Gesundheitscheck für mich zu machen, fiel ich entspannt zurück in ein weiches Wohlgefühl. „Du hast absolut die Kraft und die Gesundheit, diese Arbeit hier zu machen", stellte er fest und nickte mir anerkennend und Mut machend zu. Kaum hatte ich mich für seine Hilfe und diese Erfahrung bedankt, wuselte die dynamische Sheila wieder in den Saal und schickte mich los, um mich selbst nun ein wenig umzuschauen.

Es gab nicht ein Medium, mit dem ich an diesem Tag nicht gesprochen habe. Von jedem erfuhr ich ein neues Detail, mit jedem gab es einen interessanten Austausch, und ich hörte mich selbst ständig eifrig wie ein Kind fragen: „Ich übe noch. Darf ich für Sie arbeiten?" Ich durfte, und landete einen Treffer nach dem anderen. Als ich zum letzten Stand kam, fühlte ich meinen Geistführer in extremer Dichte und Nähe. Die Frau, die mir entgegen lächelte, genoss durch Fernsehauftritte einen gewissen Bekanntheitsgrad. Auch sie willigte freundlich schmunzelnd ein, meine Übungspartnerin zu sein, da erstarrte ich für einen Moment. „Hinter Ihnen", sagte ich stockend und mit großen Augen neben sie schauend, „steht Ihr verstorbener Vater. Er kommt, um sich zu entschuldigen. Es täte ihm alles fürchterlich leid." Die Freundlichkeit wich einer Kühle. „Ich weiß", antwortete sie knapp. „Er kommt öfter deswegen." – „Aber", setze ich nochmal nachdrücklich nach, „er sagt, das wäre nun das letzte Mal, dass er um Vergebung bitte, er käme dann nie wieder." Dieses Mal schluckte das Medium und sah betroffen mit feuchten Augen auf den Boden. Einem Impuls folgend, zog ich mich zurück, um die beiden allein zu lassen, da hörte ich den Verstorbenen noch warmherzig sagen: „You don't need cards" – ich bräuchte keine Karten.

„Sheila" rief ich aufgeregt schon von Weitem, „ich habe einen *Jenseitskontakt* gemacht!" – „So what?!", fragte sie schulterzuckend. Verblüfft und etwas enttäuscht stand ich da. „Na und?" War das alles? Im besten Fall war es wohl als Kompliment zu werten, dass sie wusste, was in mir steckte.

Nach einer gefühlten Ewigkeit in der anderen Welt bei Sheila saß ich wieder bei meiner Therapeutin Maria Lutter in Münster und ergoss den Schwall meiner überwältigenden Erlebnisse über sie. Was für eine Fügung, bei einer Frau gelandet zu sein, die solche Phänomene selbstverständlich nahm und sie in keinem Widerspruch zum Therapieanliegen sah. Im Gegenteil, das gehörte ja maßgeblich zu meiner Person. Ich war zurück aus West Riding, und nichts in meinem Leben war wie zuvor.

6

Die Woche in England glich einer Offenbarung. Nun gut, wenn ich als Medium arbeiten wollte, mussten Taten folgen. Ich legte ernsthaft los und erwarb zu diesem Zweck zunächst einige Blankobücher. Wenn ich noch keine Anfragen hatte, so konnte ich doch von mir aus bereits für andere Menschen beten. Also notierte ich die Namen derer, die ich in meine Gebete einschließen wollte. Ich schrieb auch eine Art Tagebuch, teils an Gott selbst mit der dringenden Bitte, mich in seinen Dienst zu nehmen, damit durch mich sein Wille zum Wohle der Nächsten geschehen könne. Der Alltag von Stephen und mir ging derweil normal weiter. Mein Sohn wusste über die Hellfühligkeit seiner Mutter Bescheid. Er wuchs schließlich damit auf, hatte vieles miterlebt und ging damit recht gelassen um. Nähe, Offenheit, Vertrauen und eine Menge Humor prägen unser Miteinander bis heute, wo er selbst längst Vater ist. Ich weiß noch, wie ich eines Morgens tief in Gedanken versunken war. „Stephen, ich muss dir etwas erzählen", sagte ich schließlich, „stell dir vor, ich habe heute Nacht meinen Geistführer sehen dürfen. Verstehst du? Richtig sehen, nicht träumen. Ich wurde wach und sah ihn seitlich oben in einem goldenen Licht. Meinen Ägypter, von dem ich dir immer erzähle." Stephen rührte in aller Seelenruhe weiter in seiner Tasse, sah schließlich auf und bedachte mich mit einem langen Blick. „Mama, im Ernst", antwortete er, „wenn ich dich nicht kennen würde, wäre jetzt der Punkt, an dem ich ganz langsam zum Telefon gehen würde. Aber ich kenne dich ja", grinste er, „und deshalb: hey, Glückwunsch, das muss irre gewesen sein!"

Bei einem Erledigungsgang fiel mein Blick auf ein Riesenplakat in einer Reinigung. Auch an Münster war die Hippie-Bewegung nicht vorbeigegangen und spätestens seit dem Buch „Zen – und die Kunst ein Motorrad zu warten" nannten viele Leser Grundkenntnisse über den Buddhismus ihr Eigen. Ein veritabler Zen-Buddhist, so verkündete das grelle Plakat, wurde nun auch Münster besuchen. Machen wir es kurz: Meine Geistführung schickte mich hin. Unerträgliche Hitze lastete auf den Straßen, als ich meine Schritte in die Bildungs- und Begegnungsstätte „Kreativhaus" lenkte, in dem der asiatische Meister uns Westfalen zu empfangen gedachte. Mir fiel in dem stickigen Saal das Atmen schwer. Schon als der Zen-Buddhist gravitätisch in schwarzer Kutte und mit viel Gebimmel eintrat, hatte ich genug von dem etwas zu aufgesetzten Zauber. Soeben erhob ich mich, um die Veranstaltung zu verlassen, da befal eine strenge Stimme: „Bleib!" Ergeben gehorchte ich meinem Geistführer. Was soll man sich auch in der Öffentlichkeit mit ihm anlegen? Ich schaute also zu, wie der Mann auf der Bühne in aller Gemächlichkeit seine Meditationshaltung einnahm. Aha, so saß man also. Zu meiner großen Überraschung sagte mein Geistführer: „Nun kannst du gehen." Wie? Das war alles? Mir kam die Idee, dass ich die richtige Mediationshaltung sehen sollte, und das wiederum konnte nur eins bedeuten: Ich sollte meditieren. Bereits auf dem Rückweg erwarb ich entsprechende Cassetten und kleine Anleitungsbücher. Ich verfasste Affirmationen und betete nun regelmäßig für andere Menschen. Unsere etwas über 50 qm große Wohnung bot nicht unbedingt Platz für einen Meditationsraum. Aber eine Meditationsecke hinter der Schlafzimmertür ließ sich gut einrichten. Ein weiches Kissen, einige Kerzen, und durch regelmäßiges Meditieren an diesem Ort baute sich eine anhaltende Energie auf. Die half übrigens sehr, konzentriert zu bleiben, wenn sich in der Nachbarwohnung Herr M. und seine Gattin wie die Besenbinder stritten. Om! Und nochmal Om! Ich segnete sie seufzend und betrachtete sie als Teil meines Trainingsprogramms.

Ich wusste, dass sich dort, wo regelmäßig meditiert wird, ein beständig hoch schwingendes Energiefeld etabliert. Das macht es dem Medium und den Wesenheiten der Geistigen Welt einfacher, sich dort aufeinander einzustimmen und die bereits aufgebaute „Sendefrequenz" zu nutzen. Diese intensive „andere" Energie wird in ihrer besonderen Qualität zum Beispiel auch von meinen Besuchern in den InSight-Räumlichkeiten am Pleistermühlenweg 284 wahrgenommen. Viele reagieren beim Eintreten automatisch mit einem respektvollen leisen Auftreten, fast wie in sakralen Einrichtungen. Viele teilen auch sofort angenehm berührt mit, was für eine wohltuende Atmosphäre dort herrsche. Etwas ungestümer geht es natürlich bei denjenigen Kursteilnehmern zu, die sich nach längerer Zeit beim nächsten Modul wiedersehen und sich freudig begrüßen und in Windeseile möglichst viele Neuigkeiten austauschen. Eine Stimmung wie bei einem Familientreffen. Aber wenn es dann ans Arbeiten geht, spürt man sie wieder, diese ganz besonders hoch schwingende, kühle Energie mit ihrer ganz eigenen Wirkung.

So war es auch in meiner Wohnung. Das Energiefeld, das von meiner kleinen Meditationsecke ausstrahlte, wurde von sensiblen Besuchern gespürt. Mir war das bis zu dem Tag nicht bewusst, an dem eine Friseurin zu mir kam, die Hausbesuche anbot. Als ich ihr die Tür öffnete und sie hereinkam, blieb sie direkt nach dem ersten Schritt schon stehen. Sie schaute sich hellwach und ein wenig vorsichtig um und sagte: „Etwas ist komisch hier. Es fühlt sich sonderbar an. Was ist in dieser Wohnung los?" Zu überrascht, um eine Antwort parat zu haben, bat ich sie zunächst weiter zur Küche. In dem Moment, in dem sie sich weiter umsah und ihr Blick aus der Küche auf die Wohnungstür fiel, bewegte sich die Klinke von allein nach unten. Die Tür schloss sich und war nicht mehr zu öffnen. „Ausgerechnet!", schimpfte ich innerlich verstimmt, denn die gute Frau sah aus, als wollte sie mit einem Entsetzensschrei aus dem Fenster springen. Ich rief bei einer befreundeten Familie an. Der Schulkamerad meines Sohnes möge Stephen doch bitte vom Spielplatz holen, damit er von außen aufschließen könne. Die Friseurin stand wie erstarrt und sprach kein Wort. Ihr Blick sagte mir, dass sie eher einen Voodoo-Priester erwartete als einen Schuljungen. Vielleicht hat die Geistige Welt doch eine Menge Humor. Als ich zwecks nervlicher Schadensbegrenzung einer Passantin aus der dritten Etage meinen Schlüssel zuwarf mit der gebrüllten Bitte, doch hochzukommen und von außen aufzuschließen, erwischte ich eine Frau mit Gipsbein. „Könnte bisschen dauern", gab sie trocken zurück, und mühte sich hoch. Wir lachen heute noch zusammen über die Episode, denn diese sensible Friseurin ist mir über die Zeit Freundin geworden. Wie Jungen in diesem Alter so sind, kam Stephen dann übrigens so viel später, dass er Mutter frisch frisiert und äußerst entspannt am Bügelbrett vorfand. Ich wurde zum zweiten Mal an diesem Tag für sehr sonderbar gehalten.

Während ich so intensiv meditierte, habe ich viel hellgehört, und immer waren es Männerstimmen, die sich auf eine Art unterhielten, als ginge es um meine Weiterentwicklung und Fortschritte. Von den Briten hatte ich gelernt, alles ein wenig mit Selbstironie zu betrachten, weshalb ich für mich dachte: „Keise, die arbeiten deine neuen Stundenpläne für die nächste Stufe aus." Ich erhielt Botschaften, dass die Geistführung froh sei, dass ich die Aufgabe endlich angenommen hätte. Vor allem aber darüber, dass ich mir meiner Verantwortung bewusst und bereit wäre, Opfer für meine Bestimmung zu bringen. „Und diesmal mach' es richtig!", hörte ich und hatte den Eindruck, ich hätte bereits zweimal abgelehnt. Frühere Leben?

Eine neue Zeit mit Sheila begann, diesmal in Münster. Gespannt blickten Stephen und ich dem Besuch entgegen. Ich freute mich nicht nur auf diese originelle Freundin, sondern auch darüber, dass ich etwas zurückgeben konnte. Natürlich darf und soll man Geschenke vollen Herzens annehmen, und es wäre irritierend, wenn man sofort etwas „gegenschenken" würde. In dem Moment aber, in dem auch der Aspekt von Leistung mitschwingt, ist ein Energieausgleich unerlässlich. Nur so fühlt es sich für beide Seiten gut an, und man generiert ein Gleichgewicht. So ist zum Beispiel die Scheu mancher Anfänger, für ihre Dienste Geld zu nehmen, fehl am Platze. Sie haben selbst Zeit und Geld in eine Ausbildung investiert und damit selbstverständlich das Recht auf eine Gegenleistung. Auch wenn manche Menschen empört meinen, dass Hellfühligkeit quasi als „Gottesgabe" den anderen frei zur Verfügung gestellt werden müsse, sollte man ihnen selbstbewusst gegenübertreten. Jeder Mensch, der für andere aus sich schöpft, muss auch einen Ausgleich dafür erhalten. Ohne diese – im Wortsinne – „Wert"schätzung würden auf Dauer Gefühle des Ausgenutztwerdens an den Kräften zehren. Etwas ganz anderes ist es selbstverständlich, wenn das Medium selbst ein gutes oder sogar besseres Gefühl dabei empfindet, in Einzelfällen aus bestimmten Gründen auf ein Honorar zu verzichten. Vergütungen im gegenseitigen Einvernehmen kommen auch dort zustande, wo einfach eine Dienstleistung durch eine andere beglichen wird. Mein Besuch bei Sheila hatte bei mir ohnehin das Bedürfnis hinterlassen, mich für diese Großzügigkeit zu „revanchieren". Unter diesem Begriff kennen wir den Wunsch der gesunden Psyche, in einem Sozialsystem nicht nur der Nehmende zu sein.

Ich überließ Sheila gern mein Schlafzimmer und quartierte mich über Nacht in Stephens Zimmer ein. Ich kochte und machte die Fremdenführerin, präsentierte den Weihnachtsmarkt, den Aasee und die nähere Umgebung. Vor allem aber machte ich für Sheila Werbung in meinem Kolleginnen- und Bekanntenkreis und organisierte Sitzungen für sie. Zunächst waren es fünf, sechs Leute, bei deren Sitzungen ich simultan übersetzte. Bei späteren Besuchen Sheilas in Münster wurden es immer mehr. Meine Freude war groß über ihren Erfolg in meiner Heimatstadt. Ich hatte das gute Gefühl, ihr viel zurückgeben zu können. Auch ich lernte weiter dadurch, vertiefte noch das eine oder andere und lernte Menschen kennen, die dann in Sheilas Abwesenheit mit ihren Fragen zu mir kamen.

Zwischenzeitlich besuchten Stephen und ich noch Brians Schwester, die mittlerweile in den USA lebte, wie unser damaliges „Silvestermedium" Les Simmons es prophezeit hatte. Ein unvergessliches Erlebnis: Im Jahr der Engel nahm ich in Kalifornien an einem Traumdeutungsseminar teil. Die Fügung wollte es, dass eine reiche Bekannte uns bat, dort ihre Villa während ihres Urlaubs zum Schutz vor Einbrechern zu bewohnen. Ich sage nur: Antiquitäten, Pool, Sitzlandschaften, Traumgarten. „Da behaupte noch einmal jemand", dachte ich äußerst beglückt auf der Liege unter der Sonne Kaliforniens, „man würde nicht auch schon im Diesseits für harte Arbeit belohnt." In einem Esoterik-Laden fand ich wahre Schätze. Damit meine ich nicht diesen für den New Age-Markt produzierten Klimbim, sondern Bücher der Kategorie „Altes Wissen", wertvolle CD-Aufnahmen und kunstvoll gefertigte Ausstattungsutensilien für Medien. Die Rückkehr fiel mir verständlicherweise schwer.

Anfangs mochte ich es mir nicht eingestehen, aber von Mal zu Mal merkte ich, dass Sheilas häufige Besuche mich überforderten. Sie verdiente hier sehr gut, aber den Eheleuten in West Riding war es offenbar nicht gegeben, Finanzen sinnhaft zu verwalten und Rücklagen zu schaffen. Sheilas Interesse an diesem Einkommen war ohne Frage nachvollziehbar. Umgekehrt hätte ich mir gewünscht, dass meine nun regelmäßige Besucherin ein gewisses Gespür für meine Belastbarkeit bewiesen hätte. Immer bedrückter sah ich den Aufenthalten entgegen. Die private wie berufliche Gästebetreuung samt Organisation bedeutete für mich als berufstätige Alleinerziehende jedes Mal einen Kraftakt. Genau diesen von Sheila besetzten letzten Freiraum hätte ich dringend für mein eigenes Arbeiten und Vorwärtskommen benötigt. Andeutungen halfen wenig, ich musste einmal tief Luft holen und sagen: „Bitte, Sheila, sei so lieb und spare dir jetzt etwas von deinen hiesigen Einnahmen zusammen, denn ich werde das so nicht mehr weitermachen können. Ich bin erschöpft." Dass es darüber zum Bruch zwischen uns kam, erfüllte mich mit Traurigkeit und einer gewissen Irritation. Das hatte ich nicht beabsichtigt. Mir hätte Verständnis gutgetan.

Nun blieb in Münster ein kleiner, durch Sheilas Besuche entstandener

Kreis von Klienten, die mich nun um Rat fragten bzw. auch den einen oder anderen neuen Interessenten in mein Leben brachten. Meine eigene aktive Arbeit als Medium begann auf dem Schreibblock. Ich ließ mir den Namen des Ratsuchenden sagen und konzentrierte mich auf ihn. Dann wartete ich auf Eingebung durch meine Geistführung und schrieb nur noch auf. Seitenlang. Diese Arbeitsweise nennt man „inspiriertes Schreiben". In meinen alten Unterlagen von 1993 finde ich zum Beispiel noch Aufzeichnungen zu der Frage einer Klientin: Wie soll ich mich gegenüber Horst B. verhalten? Oder eine Beate K. steckte mit sich und ihrer Lebensführung in einer Sackgasse und wollte wissen, was ihr jetzt guttäte. Nur auf den Namen konzentriert notierte ich in Windeseile: „Nach Jubel und Trubel ist es nun Zeit, sich zurückzuziehen. Du hast viel im Außen gelebt, aber auch viel gegeben. Nun wird es Zeit für Inneres und auch Abgrenzung anderen gegenüber. Lernen, Nein zu sagen. Lernen, auch einmal etwas anzunehmen. Suche nach Dingen, die dir Freude machen. Du liebst Rosen. Du spielst gern an Automaten. Deine Talente verkümmern. Deine Gesundheit könnte Schaden leiden. Kontrolliere deinen Blutdruck. Vorsicht mit Worten, die verletzen. Sei nicht geschwätzig, sonst wird man auch über dich viel reden. Du bist sehr temperamentvoll. Sagst schnell Dinge, die dir später leidtun. Aber Probleme, die du mit anderen Menschen hast, spiegeln dir deine eigenen wider. Setze dich damit auseinander. Möglicherweise musst du Freundschaften auf den Prüfstand stellen. Gehe in die Stille, höre auf deine eigene Meinung, jetzt geht es um das geistige Sein."

So fing das junge Medium Stefanie Keise also an. Bald stellte das junge Medium auch fest, dass diese Arbeitsweise extrem zeit- und energieaufwändig war. Erst Unmengen schreiben, dann alles noch vorlesen – da mangelte es an Effizienz. Zudem fehlte beim Aufschreiben das, was ein Medium bei einer Sitzung unbedingt braucht: Das direkte Feedback seines Gegenübers. So kam es, dass ich die ersten Klienten in meiner Wohnung begrüßte. Die Küche bot sich mit ihrer Gemütlichkeit geradezu als Begegnungsort an. Ich arbeitete mich ein, die Karten kamen auch zwischendurch wieder zum Zuge. In jedem Menschen nahm ich das Christuslicht wahr. Wenn mir jemand erleichtert oder hoffnungsvoll bestätigte, dass ich ihm habe helfen können, fühlte ich mich glücklich und am rechten Platz. Und – ich konnte es kaum glauben – zufriedene Klienten kamen nicht nur wieder, sie erzählten auch von mir. Durch den Schneeballeffekt wurden es langsam mehr. Erste spärliche Einnahmen flossen nun stetiger. „Sie haben aber viele Bekannte. Sie bekommen so viel Besuch!", sagte Nachbarin M. im Hausflur freundlich zu mir. Ich strahlte sie an. Eigentlich wollte ich immer Medium in England sein, aber nun war ich Medium in Münster. Mein Geistführer wird schon wissen, warum.

Im Rahmen meiner Weiterentwicklung nahm die Meditation immer größeren Raum ein. Marys Erklärungen zur Angleichung der Schwingungsebenen von geistiger und hiesiger Welt hatte sich in meinem Bewusstsein verankert. Zum einen sollte ich also mit der Meditation die „Sendeleitung" für die Information der Geistigen Welt zu den Fragen meiner Klienten stabilisieren. Zum anderen übte ich mich auch im so genannten „Sitting in the Power". Bei dieser Meditation „sitzt" man in absoluter Stille und Klarheit für die Geistige Welt. Dabei stärkt sich die Verbindung zum eigenen höheren Selbst, zum Geistführer und zur Geistigen Welt. Sie dient dazu, ein wirklich inniges Verhältnis zu den Lehrern aufzubauen, um deren Annäherung man bei dieser Meditation bittet. Intensiv fühlt die eigene Seele in Demut ihren Auftrag, Gottes Willen durch sich wirken zu lassen. In dieser tiefen, stillen Verbindung spürt man die Präsenz von Lichtwesen und Geistführern.

Ich schrieb selbst Meditationen und ließ mich durch den Heiler und Reikimeister Peter Liebrecht unterweisen. In der naturheilkundlichen Praxis einer Ärztin durfte ich eine Zeit lang Meditationskurse anbieten. Zudem meditierte ich auch gemeinsam mit meiner Nachbarin. 1981 hatte die erste Yogaschule in Münster am Hansaring eröffnet. Nun mietete ich dort einen Raum für Meditationskurse. Ganz leicht war das nicht, neben Job und Mutterpflichten auch noch Kurse zu geben. In dieser Zeit lernte ich meine beiden verlässlichen Freundinnen und Assistentinnen Tina und Petra kennen. Ich hatte per Annonce Heilhypnose offeriert, und eine Tina von beeindruckend sanfter Stärke kam daraufhin als Klientin. Unsere erste Begegnung war etwas merkwürdig, denn als ich ihr in der Yogaschule die Tür öffnete und sie mir mit ihrem warmherzigen Wesen gegenüberstand, sagte ich statt einer Begrüßung: „Da bist du ja endlich." Mir war, als würden wir uns bereits kennen. Die ebenfalls sehr sensible Petra kam auch zunächst als Klientin und bat um einen Jenseitskontakt. Ihre sprühende energetische Präsenz füllte meine Küche in der Privatwohnung bis in den letzten Winkel. Sowohl Petra als auch

Tina blieben in meinem Leben, absolvierten etliche Seminare und wurden meine Vertrauten. Obwohl sie über die Jahre selbst eine beachtliche mediale Kompetenz erreicht haben, kämen sie nie auf die Idee, das in irgendeiner Form zu meinem Nachteil auszuspielen. Das habe ich schon ganz anders erlebt, und so kann ich mich für ihre Loyalität nicht genug bedanken. Wir haben unendlich viel Zeit fürs Meditieren investiert. Beide haben mir abendelang mit ihrer Energie geholfen, in Trance zu fallen. Wenn ich heute in Anwesenheit von Tina und Petra in Seminaren schildere, wie wichtig das für ein Trancemedium ist, und wie wichtig das „sitting in the power" überhaupt ist, müssen wir bei der Erinnerung an diese Abende lachen. Wenn wir nämlich von Bekannten gefragt wurden, was wir denn gestern Abend zusammen gemacht hätten, lautete die befremdliche Antwort: „Och, wir haben gesessen."

Mein Leben nahm mit dem Mauerfall 1989 eine entscheidende Wendung: Ich verlor meinen Job bei der britischen Armee. Immerhin erhielt ich eine Abfindung, die mir finanziell etwas Entspannung brachte. Dennoch musste ich mich um eine neue Einkommensquelle bemühen. Mit meiner früheren kaufmännischen Ausbildung brauchte ich mich erst gar nicht zu bewerben. Der PC hatte mittlerweile alles übernommen. Eine Umschulung – in meinem Fall besser: Neuschulung – brachte mich auf den neuesten Stand. Im Nachhinein erkenne ich, dass damit im Außen für Strukturen gesorgt wurde, die mir bei meiner heutigen Selbstständigkeit mehr als hilfreich sind. Wer seine Buchhaltung und andere Tätigkeiten selbst durchblickt, hat es wesentlich einfacher.

Parallel dazu trieb ich meine Arbeit als Medium fleißig voran. Meine Küche war weiterhin Begegnungsort mit Ratsuchenden, die in stetig wachsender Zahl zu mir kamen. Für andere Seelen zu beten, Kontakte zu machen, Heilung und Trost zu geben bedeutete weiterhin die Erfüllung meines Lebens und war jede Anstrengung im Alltag wert. Über ein Ereignis habe ich mich besonders gefreut. Als ich in der Yogaschule am Hansaring praktizierte, meldete sich ein Journalist aus der Schweiz bei mir mit der Bitte um ein Interview. Er erzählte mir, dass er vor Jahren noch in meiner Küche bei mir um Zuspruch gebeten hatte und mich seitdem quasi nicht aus den Augen verloren hätte. Das berührte mich sehr.

Der August 1995 näherte sich, und damit auch etwas Unbehagen in mir.

Ich hatte am Arthur Findlay College in Stansted Hall, im nordöstlich von London liegenden Essex, ein Seminar gebucht. Dem sah ich grundsätzlich mit freudiger Spannung entgegen. Das Arthur Findlay College ist ein einzigartiges Ausbildungszentrum für Medien jeglicher spiritueller Bereiche. Die Studenten befassen sich mit spiritueller Philosophie, Religion, Heilung, Bewusstsein, Medialität und der Entfaltung übersinnlicher Wahrnehmung. Ich fieberte der Begegnung mit den prominenten Größen der Medienszene förmlich entgegen. Außerdem passte das hervorragend zu meinem (mit meiner Geistführung heftig diskutierten) Vorhaben, nicht ohne Ausbildung arbeiten zu wollen, weil mir das als zu gefährlich erschien. Was mir die Begeisterung etwas verhagelte, war die Tatsache, dass ausgerechnet Sheila mich auf das College aufmerksam gemacht und auch darauf gedrängt hatte, dass wir zeitgleich ein Seminar buchten. Nun hatten wir uns also zwischenzeitlich entfremdet, und der Gedanke an das Zusammentreffen war mir nicht angenehm. Mit entsprechend getrübter Vorfreude nahm ich also meinen Koffer in die Hand. Mein mittlerweile 13-jähriger Sohn zumindest freute sich ungetrübt auf seine Zeit mit seinem Papa Brian.

Eigentlich hätte ich mich nach meinen Englandaufenthalten architektonisch nun nicht mehr allzu viel überraschen sollen. Aber als ich aus dem Taxi stieg und vor dem Arthur Findlay College stand, war ich zutiefst beeindruckt. In einem herrlichen Park mit altem Baumbestand erhob sich nach mehreren Nebengebäuden ein imposantes, neugotisches britisches Herrenhaus aus rotem Backstein: Stansted Hall, in dem das College in Trägerschaft der Spiritualists' National Union beheimatet ist. Nachdem ich den Eindruck hatte auf mich wirken lassen, machte ich mich auf den Weg zur Rezeption und grinste amüsiert in mich hinein. Die Anreise-Szenerie erinnerte tatsächlich sehr an die klassischen Bilder von englischen Internaten. Alle ein bisschen aufgeregt, die meisten – wie ich auch – schick in Blazer. Nur dass die „Studenten" recht altersgemischt, ja sogar eher älteren Semesters, waren. Mein Amüsement verflog im Gespräch mit der Rezeptionistin, die mir einen Schlüssel für ein Zweibettzimmer aushändigte. „Das muss ein Irrtum sein", sagte ich höflich. Aufgrund meiner Angespanntheit und Überarbeitung der letzten Monate hatte ich bewusst ein Einzelzimmer gebucht, um mich zurückziehen zu können. Die junge Dame informierte mich, dass eine Sheila Smith uns beide in ein Zweibettzimmer umgebucht habe. Meine Höflichkeit wich echtem

Ärger: „Wie können Sie so etwas einfach ohne Rücksprache machen", rief ich entsetzt aus. Peinlich berührt versicherte man mir, sich um Klärung zu bemühen. Der College-Gründer Arthur Findlay blickte dabei aus seinem imposanten Porträtgemälde an der Wand etwas streng auf mich hinunter. Immerhin durfte ich mein Gepäck in der Halle abstellen, in die ich mich auch gleich begab, um wieder mit großen Augen zu staunen: Stuckdecke, schimmernde Holzvertäfelung, dicke Teppiche, Landschaftsgemälde und mit Brokat bezogene Stilmöbel. Ich ließ mich auf eine Bank fallen und wurde wenige Minuten später von einem älteren Teilnehmer angesprochen. Er stellte sich als Herbert aus Kent vor, bot an, mich noch ein wenig durch die Räume zu führen und wurde mir im Laufe der Zeit zum guten Freund. Als ich ihn später einmal fragte, warum er mich überhaupt angesprochen habe, sagte er lächelnd: „Als ich in die Halle kam, sah ich über dir eine Lichterscheinung, als ob ein Blitz auf dich niederginge."

Die leidige Zimmerangelegenheit klärte sich übrigens auf ungewöhnliche Weise. Als ich nach dem Essen den Abend mit etwa 80 Leuten im Aufenthaltsraum verbrachte, suchte man mich. Ein Mitarbeiter des Colleges kam auf mich zu und überbrachte die Nachricht von Sheilas Absage: „Mrs. Smith ist not coming."

Die Eindrücke der folgenden Tage waren immens. Die Räumlichkeiten, wie etwa das „Sanctuary", in dem wir uns jeden Morgen trafen, aber auch der Park, die Gänge, die Zimmer atmeten eine einzigartige Atmosphäre. Im spirituellen Museum standen wir ehrfürchtig vor zahlreichen Arbeitsutensilien der Pioniere, aber auch vor entsprechenden Ausstellungsstücken anderer Kulturen.

Ich genoss es, offiziell zum renommierten Arthur Findlay College zu gehören. Nach dem Frühstück begann der Ausbildungstag stets mit einem gemeinsamen Gebet und einer gemeinsamen Meditation im „Sanctuary", also „Heiligtum". Je nachdem, was ich gerade für ein Angebot gebucht hatte, gab es Vorlesungen, Übungen und Demonstrationen auf den Gebieten Psychometrie, Heilen, Jenseitskontakte, Hypnose, Trance, Platformwork (Bühnenarbeit für Livedemonstrationen) oder Auralesen. Ich staunte nicht schlecht über die Energiereserven der Dozenten, denn nach den offiziellen Lehrstunden gaben die Lehrer noch Proben ihres Könnens („psychic art") vor uns als Publikum. Zudem konnten wir Schüler in den Seminarpausen auch noch private Sitzungen in eigenen Angelegenheiten bei den Medien buchen. Mich beeindruckten vor allem die Trance-Medien so tief, dass ich für mich „Trance" als meinen persönlichen Schwerpunkt festlegte. (Nun gut, wir wissen alle, dass die Geistige Welt sich da schon unbeirrt für meine Berufung als Lehrerin entschieden hatte.) Nach Tee und Abendessen traf man sich im College an der Bar, und ich stellte mit Erstaunen und Befremden fest, dass manche Medien offenbar zum Entschluss gekommen waren, dass Spiritualität und Spirituosen sich nicht ausschließen. Ich bin da übrigens anderer Meinung. Ein Kette rauchendes und regelmäßig reichlich Alkohol konsumierendes Medium stößt bei mir auf Skepsis, was seine Reinheit, Klarheit und Unabhängigkeit anbelangt.

In England genoss ich die Atmosphäre unter meinesgleichen jede Sekunde. Ich brauchte mich nicht zu erklären, endlich gehörte ich gerade wegen meiner Andersartigkeit dazu. In meiner Kindheit und Jugend hätte ich mir das nicht träumen lassen. Alles in mir fühlte sich endlich richtig an. Um mich herum englische oder auch irische Medien jeden Alters und mit verschiedenen Schwerpunkten. Man plauderte, fachsimpelte, gab sich Tipps und tauschte sich aus. Selten war ich so glücklich gewesen wie hier. Zudem weiß ich es sehr zu schätzen, die Pioniere wie Mavis Pitilla, Simon James, Libby Clark, Jill Harland und andere noch persönlich kennen gelernt zu haben. Das Pensum gewaltig, die Ziele hoch gesteckt, Schüchternheit fehl am Platze. Wer aufgerufen wurde, kam nach vorn und machte seinen Jenseitskontakt. Meinem ersten Aufenthalt im Arthur Findlay College folgten noch etwa zwanzig weitere. Jedes Jahr flog ich ein- bis zweimal nach England, um mich intensiv aus- und weiterbilden zu lassen. Außerdem tat mir der Kontakt zu den anderen Medien verständlicherweise sehr gut. Hier ging es nicht nur um Medialität, sondern um Spiritualität. Zugleich genoss ich diese lockere, manchmal geradezu übermütige Atmosphäre. Den deutschen Leistungsdruck und Perfektionismus gab es in England nicht. Man probierte unbefangen sein Talent und durfte ohne Seitenblicke seine Übungen machen. Zudem brachte man uns bei, dass eine gesunde Selbstsicherheit unabdingbar fürs professionelle Arbeiten war. Andererseits lautete die Mahnung: „Vorsicht, dass die Selbstsicherheit nicht in Überheblichkeit umschlägt." Demut ist das oberste Gebot, sonst kann einem die Geistige Welt schon recht deutlich die eigenen Grenzen zeigen. Ich nahm zahlreiche Kontakte und Freundschaften aus meinen College-Zeiten mit.

Herbert und ich nutzten eine der Pausen, um wie so oft durch den traumhaften Park in Richtung des herrlichen Tulpenbaumes zu spazieren. Er erzählte mir, dass er das international renommierte Medium Paul Lambillion gut kenne. Herberts Tochter organisierte Kurse und Engelseminare mit Paul Lambillion, der als Lehrer, Heiler, Berater und Autor tätig ist, in der Schweiz. Mein Herz tat einen gewaltigen Hüpfer, als Herbert mir anbot, mich mitzunehmen, wenn er Paul das nächste Mal privat besuchen würde. Es dauerte nicht lange, da stand ich in Bury St. Edmonds in der Nähe von Cambridge dem berühmten Medium Paul Lambillion gegenüber. Beim ersten Blick in seine wissenden, grundgütigen Augen hatte ich das untrügliche Gefühl, dass wir uns aus einem anderen Leben bereits kannten. So aufgeregt ich wenige Minuten vorher noch aufgrund der Begegnung gewesen war, so vertraut schien mir seine Seele nun. Wir waren uns sofort sympathisch, und wenig später organisierte ich für ihn in Deutschland Kurse. Paul kannte übrigens den berühmten Gordon Higginson noch persönlich. Higginson war 23 Jahre Präsident der Spiritualists' National Union (SNU) und Leiter des Arthur Findlay College von 1979 bis 1993.

Ich freute mich auf die so angenehmen Besuche von Paul. Was haben wir zusammen gelacht! Wir waren seelisch so miteinander verbunden, dass ich seine Gedanken bereits aussprach, während er sie noch dachte. Andererseits musste ich oft seufzend den Kopf schütteln, weil er im Alltag ein wahrer Stoffel sein konnte. Als er für sein von mir organisiertes Reinkarnationsseminar anreiste, gingen wir schnell noch gemeinsam zum Supermarkt. Etwas befremdet behängte ich mich mit sämtlichen Einkaufstüten, während Paul fröhlich und plaudernd des Wegs ging. Ich kann nicht verhehlen, dass sich allmählich etwas Ärger in mir ausbreitete, und ich so einiges über diese Situation dachte. Da unterbrach Paul sein eigenes Geplauder und sah mich betroffen an. „Why don't you tell me?", fragte er, warum ich denn nichts gesagt hatte. „I can carry the bags", sagte er, griff nach den Taschen und fügte zerknirscht hinzu: „I know, I know, Susan always tells me to help." Ich musste wieder lachen. Offenbar hatte also auch Ehefrau Susan schon öfter seine Zerstreutheit bezüglich nötiger Aufmerksamkeiten im Hier und Jetzt kritisiert.

Meine eigene Familie betrachtete meinen Werdegang mit Skepsis. Meine

Mutter verspürte geradezu Angst. Mein Vater willigte zögernd in den Versuch eines Jenseitskontaktes ein. Dass die Hausgehilfin Berti seiner Kindertage sich meldete, berührte ihn sehr. Nachdenklich sagte er nach dem Ende der Sitzung: „Einer meiner Tanten war auch medial. Und von Mutters Seite diese eine Tante in Bochum." Offenbar akzeptierte er meinen Weg nicht nur, sondern schien mich auch zu verstehen. Dennoch lastete mir meine gesamte Familiengeschichte mit all ihren Missverständnissen und Verletzungen auf der Seele. Es war mir wichtig, das zu bereinigen. Eine Bekannte gab mir den Tipp, eine Familienaufstellung zu machen, und ich folgte ihrem Rat. Obwohl ich Versöhnung mit allem wünschte, war der Gang zum Therapeuten nicht einfach. Die Familienaufstellung war zum einen erschütternd, zum anderen wie eine Offenbarung für mich. Ich entdeckte die tiefen Zusammenhänge mit meinen Angehörigen, und konnte so einiges in einem ganz neuen Licht betrachten.

Neben dieser Erfahrung beeindruckte mich die therapeutische Begleitung. Wohltuend nahm ich wahr, wie wunderbar richtige Worte einen auffangen können. Die Idee, dass solch eine Professionalität eigentlich unabdingbar für die Seelenarbeit war, ließ mich nicht los. Ich hatte ebenfalls mit Schicksalen zu tun, mit Systemen, Trauer, Missbrauch, emotionaler Vererbung. Es wäre doch sinnvoll, den sensiblen Umgang und die richtige Wortwahl zu lernen. Wenig später, im Jahr 2000, absolvierte ich konsequenterweise eine familientherapeutische Ausbildung in Bielefeld.

Aber das Jahr 2000 brachte mich auch überraschend in eine neue Situation. Ursula Schaede, die Leiterin der Yogaschule am Hansaring, verstarb, und man trug mir an, die Leitung zu übernehmen. Ich sagte zu und leitete die Yogaschule mit all ihren Lehrkräften und entsprechenden Raumvermietungen zwölf Jahre lang. Wüsste ich nicht um die große Unterstützung aus der Geistigen Welt, es wäre mir ein Rätsel geblieben, wie ich das alles geschafft habe. Ich habe zwar in der Yogaschule schon meine komplette heutige „InSight"-Palette angeboten an öffentlichen Demonstrationen, Kursen, Sit-ins. Die Einnahmen deckten aber gerade einmal meine Kosten. Zur Finanzierung meiner Lebensführung musste ich zumindest halbtags einen Job ausüben. Ich war mir für nichts zu fein. Ich putzte zwischendurch sogar in den Uni-Kliniken oder saß von 7 bis 12 Uhr an einer Hotelrezeption. Später machte sich die Umschulung bezahlt, denn ich erhielt eine Anstellung als

Bürokraft in der Diakonie. Ich denke gern an die angenehme Arbeit in dem sozialen Umfeld zurück, die mir finanzielle Stabilität und Sicherheit gab. Gleichzeitig besuchte ich weiter das Findlay-College und ließ mich auch auf den Gebieten Hypnose, Rückführung und Trance schulen. Privat gab es etwas Entspannung. Die Zerrissenheit zwischen Existenzsicherung und Fürsorge fürs Kind, die jede besonders geforderte Mutter quält, hatte sich im Laufe der Jahre gemildert. Mein Stephen entwickelte sich zu einem selbstbewussten jungen Mann und nabelte sich mehr und mehr ab. Äußerlich. Innerlich bin ich mit ihm durch alle familiären Höhen und Tiefen immer verbunden geblieben. In diese Verbundenheit beziehe ich heute als glücklich liebende Schwieger- und Großmutter zweier Enkelkinder sogar seine und damit meine kleine Familie ein. An dieser Stelle möchte ich nicht vergessen zu erwähnen, dass auch in meiner Herkunftsfamilie Harmonie zwischen uns Geschwistern und im Mutterverhältnis herrscht. Wenn meine Geschwister zu ihren Anlässen Räumlichkeiten benötigen, wird in meiner Praxis auch einmal ausgelassen gefeiert. Zudem ergänzen wir uns in der Fürsorge um meine Mutter, die allmählich kognitiven Abschied vom Hier und Jetzt nimmt. So sehr ich das bedauere, so dankbar bin ich auch für diese Entwicklung. Sie hat uns auf innige Weise noch einmal in zweifelsfreie liebevolle Nähe gebracht. Mein Vater ging am 19. Dezember 2006 ins Licht und begleitet mich nun fühlbar aus der jenseitigen Welt heraus. Auch wir sind versöhnt, und ich liebe ihn sehr.

Aber zurück zum Jahr 2000 und den entscheidenden Folgejahren. So sehr ich auf meinem Weg bisher zu kämpfen hatte und oft genug aus tiefen Schicksalsabgründen wieder herauskrabbeln musste, so sehr nahm jetzt alles Fahrt auf, was meine Selbstständigkeit als Medium anbelangte. Offenbar setzte meine Geistführung das Signal zum Endspurt. Meine englischen Lehrmeister wurden mir immer zugewandter. Ich erlebte eine intensive Betreuung und unglaubliche Weiterentwicklung. In manchen Momenten aber bekam ich doch noch weiche Knie. Zum Bespiel, als meine Lehrerin im Vorbeigehen auf ihre Armbanduhr tippte und mir zurief: „Meditiere dich ein. In zehn Minuten Trancevorführung auf der Bühne." Was soll's, ich hatte Power, Ehrgeiz und ein Ziel. Ich war in zehn Minuten auf der Bühne, fiel in Trance und mein indianischer Geistführer Großer Bär sprach durch mich. Später wurde ich auch noch Trancemedium für meinen zweiten indianischen

Geistführer Rote Feder und einen verstorbenen Augenarzt namens Dr. Hemker. Letzterer polarisiert mit seiner recht harschen Art, sich durch mich zu äußern, das Auditorium. Manche finden ihn etwas brüskierend, andere schmunzeln amüsiert über seine Direktheit.

Ich lernte in England immer mehr Dozenten kennen und musste zusehends ein Befremden mir gegenüber feststellen. Man äußerte Irritation darüber, dass ich immer noch an Ausbildungen teilnahm. Was ich denn noch wolle, ich könnte und sollte nun endlich in Deutschland meine Arbeit aufnehmen. Das war nicht unfreundlich gemeint. Es stimmte ja. Überall werden ausgebildete Medien gebraucht. Was das anbelangte, war mein volles Potenzial als Lehrerin längst nicht ausgeschöpft. Dennoch konnte ich mich noch schlecht von meinem lieb gewonnenen College lösen. Als Zwischenstufe schaute ich mir noch eine weitere Ausbildungsstätte in England an. Ich buchte Seminare bei Sheila French, Leiterin der „Ershamstar School of Mediumship & Psychic Courses" in Folkstone. Hier erwartete mich eine etwas andere, aber ebenfalls sehr freundliche Atmosphäre, und ich widmete mich hier sehr intensiv der Trancearbeit.

Auf der Rückreise wälzte ich Gedanken über den Weg in die Selbstständigkeit als Medium und als Lehrerin. Während in England Medialität quasi flächendeckend von unzähligen Punkten der Landkarte leuchtet, lag das Thema in Deutschland bis auf einige Hochburgen oder kleine private Parzellen noch brach. Es reichte nicht, von mir überzeugt zu sein. Ich musste Münster überzeugen und von hier aus weiter ausstrahlen. Das war mit einem nicht unerheblichen finanziellen Risiko verbunden. Aber was machte ich mir wieder für unnütze Gedanken! Während der Mensch noch grübelte, lenkte Gott. Daheim wurde ich vor die Tatsache gestellt, dass die Immobilie am Hansaring, in der sich die Yogaschule befand, vom Eigentümer zum Verkauf angeboten wurde. Nach dem Wechsel änderten sich die Bedingungen extrem zum Negativen, so war ich praktisch gezwungen, neue Räumlichkeiten für mich zu suchen. Das gestaltete sich als schwierig, denn zum einen wollte ich natürlich nicht zu weit außerhalb praktizieren, zum anderen musste die Miete bezahlbar sein. Ein wesentlicher Aspekt war ausreichend vorhandener Parkraum für die Autos der Teilnehmer an Seminaren oder der Besucher von Live-Demonstrationen. Während der Immobiliensuche setzte sich in mir der Gedanke fest, dass für mich zum Start ein offizielles Zertifikat unerlässlich sei, das meine Seriosität beurkundete.

Solcherart Prüfungen legt man nicht am College selbst ab, sondern direkt bei der Spiritualist' International Union (SNU) als übergeordnete Institution. Das war kein Pappenstiel. Ich musste 25 Berichte in englischer Sprache über Themen wie Medialität, die Geschichte, die Pioniere und entsprechende andere Aspekte verfassen.

Bei den mündlichen Prüfungen wurde man aufgerufen, um innerhalb von sieben Minuten zwei Jenseitskontakte herzustellen. Besonderen Wert legten die Kommission auch auf einen Vortrag über ein Thema, das man frei wählen konnte. Die Prüflinge sollten beweisen, dass sie in freier Rede über die Materie referieren können. Das vorzulegende Logbuch mit den Nachweisen von 25 Live-Demonstrationen hatte ich im Gepäck. Da ich immer schon am effektiven Weiterkommen gearbeitet habe, war ich vorbereitet. Ich hatte die geforderten öffentlichen Publikumsveranstaltungen in der Yogaschule selbst auf die Beine gestellt und innerhalb der geforderten zwei Jahre geschafft.

Ich war geradezu überwältigt, als ich tatsächlich die CNSU-Zertifikate für „Öffentliches Sprechen und Demonstrieren der Beweise für ein Leben nach dem Tod" der SNU in den Händen hielt. Ich hatte es als Ausländerin geschafft! Ich bin das erste CSNU-geprüfte Medium in Deutschland, und ich bin stolz darauf. Wenn ich mir die Fotos der anschließenden Feier mit meinen Kolleginnen und Kollegen anschaue, sehe ich meinen zugleich glücklichen und doch noch ungläubigen Blick.

Das war 2011 und bedeutete den Schlüssel zum Glück. Ich hatte natürlich ständig meine Vorstellung von den ersehnten Räumlichkeiten im Kopf. Ich habe sie geradezu affirmiert. Jeder half mir bei der Suche. Im Internet entdeckte ich das Angebot „Pleistermühlenweg 284" und war begeistert. Was ich übersehen hatte: Es handelte sich um eine völlig veraltete Annonce, die im Internet auf irgendeiner Unterseite noch herumdümpelte. So konnte ich mir nicht erklären, warum ich unter dem angegebenen Kontakt niemanden erreichte. Ein Freund erwähnte in einem Gespräch einen Termin, den er einige Straßen weiter habe. Da bat ich ihn, ob er nicht spontan einmal am Pleistermühlenweg 284 vorbeifahren könne, um einen Ansprechpartner ausfindig zu machen. Und dann geschah das Wunder. Auf sein Klingeln hin öffnete die Vermieterin und reagierte etwas verwirrt auf die Frage meines Freundes nach der Verfügbarkeit der Räumlichkeiten. „Das ist jetzt komisch", suchte sie nach Worten. „Also eigentlich hatten wir noch gar nicht neu annonciert. Das IT-Unternehmen, das hier mieten wollte, hat sozusagen gerade eben abgesagt. Woher wissen Sie denn ...?" Ratlos sah sie meinen Freund an. Er erwähnte die Anzeige, und sie lachte. „Die ist uralt und war durch den Einzug des IT-Unternehmens eigentlich hinfällig geworden. Aber nun", setzte sie mit einer charmanten Handbewegung nach innen fort: „stehen die Räume tatsächlich gerade wieder zur Disposition." Überflüssig zu erwähnen, dass eine erneute Anzeigenschaltung durch meine Vermieterin wirklich nicht mehr nötig war. Bei meiner Besichtigung zeigte sich, dass alles so war, wie ich es mir affirmiert hatte. Passender hätte die Aufteilung nicht sein können. Ein großer, heller Raum für Kurse und Demonstrationen, eine kleine Küche, etliche weitere zweckdienliche Zimmer und – ich wagte meinen Augen nicht zu trauen – sogar insgesamt vier helle und moderne Gäste-WC. Jeder Veranstalter weiß, dass gerade dieses Thema bei Andrang ein echtes Problem sein kann. Hinter dem Haus ein kleiner Grünstreifen, der im Sommer gern zur Pause genutzt wird. Vor dem Haus genügend Parkplätze. Der Pleistermühlenweg 284 war ohne Frage ein Geschenk meiner Geistführung für meinen eisernen Willen und erfolgreichen Weg zum Medium.

Natürlich musste ich mächtig investieren. Ich tat es im blinden Vertrauen auf Gottes Willen und den guten Zeichen meines jenseitigen Teams von Lehrern, Begleitern, Unterstützern und Engeln. Zur Einweihung von Stefanie Keises „InSight – Haus für mediale Praxis" am 27. Oktober 2011 konnte ich meine Familie begrüßen. Ich war nach langer, aber stets auf wunderbare Weise begleiteter Odyssee angekommen bei mir selbst. Meine Dankbarkeit lässt sich nicht in Worte fassen.

Ausblicke

Begonnen hatte ich mit InSight also in der Yogaschule am Hansaring mit recht wenigen Kursen in den ersten Jahren. Bei der Erinnerung an meinen damals noch lebenden Vater, wie er da etwas zögerlich im Anzug ohne Schuhe (denn die müssen draußen bleiben) durch die Räume ging, muss ich voller Liebe lächeln. Ich habe damals wöchentlich zwei Meditationskurse geleitet und so etwa alle zwei Monate ein Seminar. Readings kamen nach Bedarf in unterschiedlicher Anzahl dazu. Im Schnitt müssten es fünf Sitzungen pro Woche gewesen sein.

Nach kurzer InSight-Zeit merkte ich, wie die Mund-zu-Mund-Propaganda mehr und mehr Interessenten zu mir führte. Anfragen von Presse und für einschlägige TV-Formate häuften sich. Ich hielt mich da bedeckt. Zu oft hatte ich erlebt, dass qualifizierte Kollegen bloßgestellt oder falsch dargestellt wurden. Umgekehrt betrachtete ich auch die auf bestimmten Fernsehkanälen ihren Dienst anbietenden Medien und ihre Arbeitsweise mit skeptischer Distanz. Man muss auf diesem in Deutschland ohnehin beargwöhnten Gebiet mit den Töpfen, in die man geworfen werden kann, vorsichtig sein. Stetig ansteigenden Erfolg hatte ich auch ohne große Presse. Mittlerweile biete ich neben den vielen Privatsitzungen regelmäßig Veranstaltungen an wie Live-Demonstrationen, Blumenlesungen, Meditationsgruppen, Channel-Abende, Heilkreise, Trance-Workshops, verschiedene Seminare zu Jenseitskontakten und die über zweieinhalb Jahre dauernde Zertifikatsausbildung zum spirituellen Jenseitsmedium. Zu diesem Angebot inspirierten mich Kursteilnehmerinnen.

Nach Absolvierung ihrer Basisausbildungskurse Jenseits I bis III fragte mich ein engagierter und atmosphärisch homogener Kreis von Teilnehmerinnen 2016, wie es denn weitergehen könne. Sie wollten nicht aufhören und sich auch nicht aus den Augen verlieren. Das gab den Impuls zu meinem ersten eigenen Ausbildungsgang mit Zertifikatsabschluss für Medien. Die Entwicklung des Konzeptes und die entsprechenden Vorbereitungen der Module für solch einen Zertifikatskursus gerieten zum Arbeitsmarathon. Der war es allerdings wert. Während sich meine ersten Zertifikatsanwärter aus dem Jahr 2017 noch mitten im Seminarablauf befanden, fing bereits der zweite Ausbildungsjahrgang an. Wann hätte ich jemals gedacht, dass meine Geburtsstadt Münster durch mich zum Ausbildungsort für Medien werden würde?

Mein Sohn Stephen hilft mir in seinem Tonstudio bei der Aufnahme meiner geführten Mediationen, über deren Downloadquote ich mich nicht beklagen kann.

Die Zeit ist reif. Immer mehr Menschen horchen auf, immer mehr Menschen interessieren sich für das Leben nach dem Tod. Erstaunlicherweise sind es gerade die Wissenschaftler, die früher oft erbitterten Gegner der Medien, welche nun an unsere Seite treten. Die Vorreiter kommen aus der Quantenphysik. Wer in die Suchmaschine seines Computers „Quantenphysik Leben nach dem Tod" eingibt, kann sich vor Textvorschlägen und Videovorträgen nicht retten. Der Biochemiker Rupert Sheldrake macht mit seiner Hypothese der morphischen Felder und den übersinnlichen Fähigkeiten von Menschen und Tieren von sich reden. Der amerikanische Neurochirurg Alexander Eben schrieb nach seiner Nahtoderfahrung das Buch „Blick in die Ewigkeit" und scheut damit als Mediziner keinesfalls den möglichen Spott seiner Kollegen bzw. einen Imageverlust. Sein Bedürfnis, den Mitmenschen einen tröstenden Beweis für seine Überzeugung von einem Leben nach dem Tod zu liefern, war größer. Auch der niederländische Kardiologe und Wissenschaftler Pim van Lommel wurde nach Berichten seiner Patienten über Nahtoderfahrungen hellhörig. Nach zehn Jahre dauernden Studien ist er sich sicher, dass ein Leben nach dem Tod existiert.

Ich bin als Medium für die wissenschaftliche Unterstützung dankbar. Wichtig ist es doch, so vielen Menschen wie möglich Hoffnung zu geben. Oder einen Impuls, ihr Leben nach Gott auszurichten und all die Liebe, die Verlässlichkeit und Zuversicht zu erfahren. Deshalb gehören die Live-Demonstrationen zu meinen ureigenen, gern ausgeübten Hauptaufgaben als Medium. Die Zuschauerzahl wächst ständig. Aber egal, wie erschöpft ich nach manchen dieser Veranstaltungen bin, die Erfüllung ist größer. Ich möchte noch viele Jahre Martin, Petra und Tina beim Aufräumen in der Küche plaudern hören, während ich die Stühle wieder zurückstelle und die Fenster öffne. Und wenn Tina dann den Kopf durch die Bürotür steckt und fragt: „Und? Liegt nächste Woche viel an?", möchte ich noch viele, viele Jahre mit dem Blick auf den Kalender sagen: „Ja! Ich darf wieder mit Gottes Willen und meiner Geistführung unzähligen Menschen helfen." In Demut und Dankbarkeit.

Die Liebe ist das Band zwischen dem Diesseits und dem Jenseits.
Sie verbindet und lässt uns Trost und Hoffnung finden.

Fallbeispiele

Großer Respekt vor Stefanies Arbeit

Von Stefanie hörte ich durch meinen Bruder, der bei ihr gewesen war. Dort hatte er Verbindung zu unserer Mutter aufnehmen können, was für mich das Wahrwerden eines Traumes bedeutete. Ich machte zeitnah einen Termin. Ich war nicht skeptisch, hatte nur etwas Angst vor dem, was mich erwartet. Ich war voller Ehrfurcht. Der erste Eindruck war sehr positiv. Was immer ich mir optisch unter einem „Medium" vorgestellt hatte: Es empfing mich eine modern gekleidete, freundliche und zugewandte Frau mit den Worten: „Herzlich willkommen, mein Name ist Stefanie Keise." Der Raum war in einer Yogaschule auf einem Hinterhof in Münster und glich einem kleinen Wohnzimmer mit Schreibtisch. Vor allem war es sehr hell und hatte eine positive Ausstrahlung auf mich.

Stefanie brach sehr schnell das Eis, indem sie uns sehr offen und frei auf unser Anliegen ansprach. Das Gespräch durften wir aufzeichnen. Ich erinnere mich noch sehr gut daran, dass Stefanie zuerst nach ein paar Eckdaten fragte, die Mutter betrafen, damit sie sich darauf einlassen konnte. Kurze Zeit später hatte sie Kontakt zu ihr und sie beschrieb Bilder, Gestik und Mimik, die sie erhielt. Da Stefanie sie nicht kannte, und ich nicht wusste, ob es meine Mutter ist, musste durch Beweisführung herausgefunden werden, ob es sich um die richtige Person handelt. Dazu wurden persönliche Dinge als Beweis verlangt, die nur meine Mutter und ich wissen konnten.

Wer jetzt denkt, dass Stefanie sich die Informationen durch die Eingangsfragen ableiten könnte, der wird schnell eines Besseren belehrt. Es wurden viele Dinge benannt, die sie nicht wissen konnte. Ich hatte bereits nach den ersten Beweisen keine Zweifel mehr. Allein, wie Stefanie Keise meine Mutter mimte mit den Worten „Jetzt brauche ich eine Kippe" entsprach es genau dem Ablauf, der Haltung, Gestik und Mimik, wie meine Mutter es immer machte.

Es kamen zudem zum Beispiel bei der Beweisführung Details vor wie über den Süßigkeitenschrank samt Inhalt bei uns früher, das Kaufverhalten unserer Mutter, welche Fernsehsendungen ich geschaut habe, und dass ich auf der Treppe zu meinem Zimmer immer Kaffeeflecken hinterlassen habe. Auch so Situationen wie „ihr habt euch neulich im Auto über die Bettwäsche deines Sohnes unterhalten" waren dabei. Das soll keine Angst davor machen, dass wir ständig beobachtet werden, es gibt sicherlich auch dort Grenzen zur Wahrung der Persönlichkeitsintimität. Es hat alles einen wertschätzenden und würdigenden Charakter. Auch muss niemand Angst haben, dass so Aussagen kommen wie: „Du hast nur noch wenige Monate zu leben" oder sowas. Es kann eine Art Gespräch geführt werden und Dinge besprochen werden, die vielleicht noch zu klären sind.

Ich war sehr berührt. Ich habe Stefanie in verschiedenen Sittings aufgesucht und muss sagen, dass ich viele Infos erst heute verstehe, da ich sie damals noch nicht interpretieren konnte. Ich kann jedem nur empfehlen, sich für die Geistige Welt zu öffnen. Es ist ein ganz tolles Geschenk. Alles geschieht unter Wahrung der Würde. Ich hatte nie das Gefühl, dass Dinge angesprochen worden sind, die ich nicht hören wollte oder die mir schaden würden.

Es ist eine wahre Bereicherung, und ich lebe heute deutlich ruhiger, in mir gelassener und anders angebunden an die Geistige Welt. Ich habe hohen Respekt vor dieser Arbeit und weiß, dass wir geführt werden und ganz viel Unterstützung bekommen. Ich hoffe, dies eines Tages auch noch bewusster leben zu können. Die Arbeit von Stefanie lässt mich auf jeden Fall deutlich leichter mit bestimmten Dingen zu dem Thema Tod und Jenseits umgehen und hat mein Vertrauen sehr gestärkt.

Cord N.

Viel Liebe und Mitgefühl

Mein Mann und ich waren zu einer Einzelsitzung bei Frau Keise, weil unser Sohn sehr krank war. Als Frau Keise Kontakt zu der Geistigen Welt aufgenommen hatte, sagte sie, dass viele Geistwesen anwesend seien. Sie seien alle da, um uns zu helfen und uns zu unterstützen. Zuerst war der Bruder meiner Mutter da, den ich nie kennengelernt hatte, da er sehr jung im Krieg gestorben war. Er wäre sehr lange vermisst gewesen und für seine Familie wäre das sehr traurig gewesen, sagte er. Das wusste ich von Erzählungen meiner Mutter. Dann kam meine Oma und erzählte, wie schwer sie es hatten während der Kriegszeit und wir sollten dankbar sein für das, was wir haben. Sie erzählte noch eine Weile, und es gab für mich keinen Zweifel, dass sie es war. Auch meine Mutter, meine andere Großmutter und mein Großvater waren da. Sie sagten alle, wir sollten Vertrauen haben, es würde alles gut. „Der Junge hat was zu lernen. Alle haben was zu lernen".

Mein Mann war zu diesem Zeitpunkt immer noch ein wenig skeptisch. Dann sagte Frau Keise: „Ihrer beider Väter sind hier". Mein Vater sagte, dass es ihm leidtäte, dass er so wenig Zeit für mich gehabt hätte. Das stimmte, er hat sehr viel gearbeitet. Dann sagte er weiter, dass wir im Hause eine Kiste hätten mit alten Erinnerungsstücken. Er zeigte auf seine Zähne bzw. nahm seine Zahnprothese heraus. In dieser Kiste befand sich auch eine selbst gebastelte Zahnbürste meines Vaters, die er in russischer Gefangenschaft gefertigt hatte um seine Zähne zu retten, die er dann durch Mangelernährung verloren hatte. Außerdem befände sich darin ein Tagebuch, dass er in der Kriegszeit geschrieben hatte und dieses sollten wir unserem Sohn geben. Es gab keinen Zweifel, das war mein Vater.

Dann sagte Frau Keise zu meinem Mann: „Ihr Vater ist jetzt hier, und er ist ganz aufgeregt und freut sich, dass er mit ihnen sprechen kann". Er schält von einer Birke die Rinde ab und schreibt irgendetwas darauf. Mein Mann war so erstaunt, dass er nichts sagen konnte. Dann sagte Frau Keise: „Ihr Vater sagt: Junge, das weißt du!" Dieses Stück Birkenrinde mit dem Spruch: „Erst erleben, um zu verstehen" hatte der Vater auf ein Holzbrett geklebt, und es hing im Kinderzimmer. Jetzt war auch mein Mann restlos überzeugt.

Das konnte nur sein Vater sein. Der Vater sagte dann weiter, dass er wohl sehr streng gewesen wäre. Und er wäre sehr stolz auf ihn und auf das, was er alles in seinem Leben geschafft hätte. Und er hätte sich sehr gefreut, als mein Mann und ich uns kennenlernten. Es sei Liebe auf den ersten Blick und vom Universum vorherbestimmt gewesen. Dann fragte Frau Keise: Hatten Sie einen Hund? Hier ist noch ein Hund mitgekommen. Das konnte nur unser geliebter Bobby sein, den wir vor zwölf Jahren einschläfern lassen mussten.

Wir haben bei dieser Einzelsitzung so viel Liebe und Mitgefühl und Hilfe von der Geistigen Welt erfahren dürfen. Es vergeht kaum ein Tag, an dem wir uns nicht daran erinnern. Es hat uns so viel Kraft gegeben. Und es ist tatsächlich auch alles gut ausgegangen.

Mein Mann hat dieses Erlebnis mit seinem Vater dann auch seinen Geschwistern erzählt. Die ältere Schwester und der ältere Bruder hatten wohl am meisten unter der Strenge des Vaters gelitten und für sie war es sehr schön, das von ihrem Vater zu hören. Mein Mann meint, dass das Erlebnis die Familie enger zusammengeführt hat.

Wir sind Frau Keise sehr dankbar für ihre wundervolle Arbeit.

Anette N.

Alle Beweise trafen zu

(Mail eines Teilnehmers nach einer Live-Demonstration)

Liebe Frau Keise,
mein Name ist Oktay B. Ich habe gestern an der Live Demonstration in Münster teilgenommen.

Ich hatte nach der Veranstaltung den Eindruck, dass ich auf die von Ihnen mitgeteilten Botschaften nicht angemessen antworten konnte, und wollte daher nachträglich nochmal bestätigen, dass die von Ihnen gemachten „Beweise" genau auf meine Großmutter mütterlicherseits zutreffen. Ich habe meine Großmutter das letzte Mal vor über 30 Jahren gesehen und konnte mich einfach nicht mehr an Details erinnern. Ich habe mich in meiner Familie schlau gemacht und die konnten die meisten der durchgegebenen Botschaften bestätigen.

Meine Oma musste als junge Frau in der Türkei flüchten, da sie unerlaubter Weise sich in meinen Opa verliebt hatte. Das ist zwar nicht politisch – wie sie vermutet hatten – aber ihre Flucht hatte was mit einem Gesetzesbruch zu tun. Sie hat damals sehr vieles aufgeben müssen (u. a. ihre Familie) – auch das stimmt also.

Nach dem Tod meines Opas, der früh gestorben ist, hatte sie große Schwierigkeiten auf dem Dorf. Es gab große Konflikte, da die Leute angefangen hatten, nach dem Tod meines Opas ihr die Grundstücke wegzunehmen. Auch korrekt! Sie musste sich als Frau viel durchsetzen und organisieren. Da Behördengänge damals als Frau fast unmöglich waren, hat sie immer einen männlichen Verwandten dabeigehabt. Stimmt also auch. Meine Oma hat ein Kind verloren, so wie Sie beschrieben haben. Auch mit dem Zahnspalt haben sie korrekt beschrieben.

Danke für den Kontakt und möglicherweise bis bald!

Oktay B.

Bereichert, beschenkt und voller Dankbarkeit!

Es war im April 2015, als ich zum ersten Mal ein Medium aufsuchte und bei meiner Recherche auf Frau Keise stieß. Sicher sollte es so sein, dass die Geistige Welt meinen Weg zu ihr führte.

Ich kam mit keinen Erwartungen und ging mit so viel! Bereichert, beschenkt und voller Dankbarkeit!

Frau Keise beschrieb meinen geliebten Vater, und wenig später in einer weiteren Sitzung, auch meine geliebte Mutter dermaßen präzise, dass ich das Gefühl hatte, beide Verstorbene säßen neben mir und würden das Gespräch lenken.

Ihre Beschreibungen der Charakterzüge, des Wesens meiner Eltern, die materiellen Dinge, welche sie umgaben, was ihnen zu Lebzeiten lieb und teuer war, sowie die Wertevorstellungen, die sie an mich weitergaben, wurden von Frau Keise explizit und sehr detailliert wiedergegeben, sodass ich mir 100prozentig sicher war, mit Papa und Mama zu sprechen. Auch ganz aktuelle Themen in meinem Leben wurden angesprochen und zeigten mir, dass unsere lieben Verstorbenen auf der anderen Seite immer noch Anteil nehmen, an dem was uns gerade beschäftigt oder uns Sorgen bereitet.

All meine unausgesprochenen Fragen, dazu kam ich nämlich gar nicht, weil dies von Frau Keise automatisch erledigt wurde, fanden ihre Antworten. Zweifel wurden mir genommen, Bestätigung für die Richtigkeit meines Tuns wurde mir geschenkt und all das, ohne dass ich es je laut kommuniziert hätte. Ich war wirklich sprachlos, was nicht allzu oft der Fall bei mir ist.

Diese Sitzung hat mir so viel Heilung geschenkt, mich hoffnungsvoller in die Zukunft blicken lassen und mir die Gewissheit für ein Leben nach dem Tod gegeben. Mehr Trost kann man einem trauernden Menschen nicht schenken, denke ich. Ich bin für diese Erfahrung zutiefst dankbar und bete seitdem täglich für Frau Keise, dass Gott sie segnet und beschützt, und sie noch vielen Menschen auf ihrem „suchenden" Weg eine leuchtende Flamme der Hoffnung sein darf.

Liebe Frau Keise, haben Sie Dank aus tiefstem Herzen für die Arbeit, die Sie tun. Ich wünsche Ihnen von ganzem Herzen alles Gute dieser Welt,

Gesundheit im Überfluss und stets liebevolle Menschen an Ihrer Seite, die Sie nach Kräften unterstützen und ein langes, erfülltes Leben auf „dieser Seite".

Ihre

Michaela E.

Tränen lösten die Blockade

Als im Jahr 2015 mein mir sehr nahestehender Vater plötzlich verstarb, brauchte ich unbedingt Gewissheit ob der Tod wirklich das Ende ist. Es waren einfach zu viele Dinge unausgesprochen geblieben und eine Verabschiedung war nicht möglich. Tagtäglich verfolgte mich das Gefühl, mein Vater wäre anwesend und wolle mir noch etwas sagen. Da mich dieser Gedanke nicht mehr losließ, buchte ich eine Privatsitzung bei Stefanie Keise, die mir bis zu diesem Tag völlig fremd war.

Bis zum Termin hatte sich meine Aufregung bis ins Unermessliche gesteigert. Ich traute mich nicht einmal zu klingeln. Was tat ich bloß, wenn es nicht funktionieren würde? Da öffnete mir Stefanie bereits die Tür. Mit Erleichterung stellte ich fest, dass da keine in Tücher gehüllte Person mit Turban und Glaskugel stand, sondern eine seriös wirkende, bodenständige freundliche Frau.

Noch heute ist es mir unangenehm, wie ich damals während der Sitzung reagierte. Detailliert beschrieb Stefanie Keise meinen Vater und lieferte einen Erkennungsbeweis nach dem anderen, doch ich verneinte alles mit einer unbändigen Überzeugung. Ich war derart blockiert, dass ich mich nicht einmal an den Namen meines Onkels und seines besten Freundes erinnern konnte. Erst als sie genau mit den Worten meines Vaters sprach und ein ganz heikles Thema ansprach, welches immer zwischen mir und meinem Vater stand, löste sich meine Blockade. In diesem Moment wusste ich: Mein Vater ist da.

Meine Emotionen waren nicht mehr steuerbar, ich brach in Tränen aus, und meine mir hart aufgebauten Mauern rissen ein. War es Trauer? Freude? Erleichterung? Sehnsucht? Schuldgefühl? Dankbarkeit? Vielleicht von allem etwas, aber auf jeden Fall alles auf einmal.

Der Kontakt geriet zu einer Achterbahn der Gefühle. Wir lachten viel, als mein Vater seinen Humor bewies wie zu Lebzeiten. Ich weinte, als es um die Todesursache und die Umstände ging, und ich war zutiefst berührt, als er mir durch Stefanie seine Botschaft übermittelte. Gegen Ende des Gespräches kamen sogar noch meine Großeltern zu Wort. Der absolute Höhepunkt des Gespräches aber war, dass ich die Anwesenheit meines Vaters in einer unglaublichen Intensität spüren durfte. Dieses Erlebnis, welches sie mir gemeinsam mit der Geistigen Welt ermöglichte, bleibt bis heute für mich unbeschreiblich.

Diese Erfahrung war der Wendepunkt in meinem Leben. Nicht nur, dass ich von da an den Verlust aufarbeiten konnte, ich wollte mehr. Also buchte ich bei Stefanie ein Einführungsseminar, und dabei blieb es nicht. Während ich mich hier an meine erste Begegnung mit Stefanie erinnere, stehe ich nun selbst wenige Wochen vor der Prüfung zum spirituellen Jenseitsmedium bei InSight. Ich darf mich glücklich schätzen, anderen Menschen mit Hilfe meiner eigenen Medialität zur Seite stehen zu dürfen. Ich bin unbeschreiblich dankbar für alle Erfahrungen und für die Türen, die sich dadurch öffneten.

Ich schaue mit Freude und Dankbarkeit zurück und in die Zukunft, in der ich das große Glück habe, bei Stefanie Keise weiter lernen zu dürfen.

Stefanie S.

Hilfe für die Mutterseele im Jenseits

„Ich hab' dich auch lieb.", waren die letzten Worte, die ich auf der Palliativstation zu meiner Mutter sagte. Sie starb, als ich im 6. Monat schwanger war und wenige Tage vor meinem 30. Geburtstag. Mein Vater streichelte seiner Frau, mit der er 40 Jahre zusammen das Leben lebte, über den Kopf und küsste sie. Wir umarmten uns. Es war die intensivste Umarmung mit meinem Papa, an die ich mich erinnern kann. Meine Mutter wurde keine 60 Jahre alt und wir haben die Zeit, die uns nach der Krebsdiagnose noch blieb, genossen.

Ich träumte oft von meiner Mutter als sie verstorben war. Eines war immer gleich: Sie guckte stets ernst und traurig. Die Begegnungen in der Nacht häuften sich, und allmählich wurde ich sogar etwas sauer. „Warum lachst du nicht dein herzliches Lachen?!" Eigentlich konnte ich es mir denken: Kurz vor ihrem Tod hatte sie mir etwas anvertraut und nicht gewagt, es auch meinem Bruder zu offenbaren. Diese Bedrückung war im Traum spürbar.

Irgendwann träumte ich wieder von meiner Mutter. Sie richtete ein riesiges Fest aus. Ich versuchte meine Mama zu finden, was mir auch gelang, aber sie hatte keine Zeit. Also setzte ich mich wieder. Nun kam ein Schnitt, und ich ging mit meinem Mann in ein Geschäft. Es war ein Laden wie in lange vergangenen Zeiten. Hinter dem Tresen stand eine reifere Frau, die Spezialistin in spirituellen Dingen war. Sie gab mir Wechselgeld, und sprach mit finsterer Miene und ernstem Ton: „Deine Mutter will auf die nächste Stufe, du musst ihr helfen!" Die Frau schien keinen Widerspruch zu dulden, aber in konkrete Worte fasste sie die „Hilfe" nicht. Was sollte ich also tun mit dieser Aussage? Sofort nach dem Aufwachen dachte ich daran, dass Mutter meinem Bruder etwas verschwiegen hatte. Ich wollte etwas unternehmen und überlegte. „Wenn sich jemand damit auskennt", schoss es mir durch den Kopf, „dann meine Schwiegermutter Stefanie Keise."

Ich rief Stefanie an, und erzählte ihr von meinem Traum, und stellte Fragen. „Die nächste Stufe!? Gibt es sowas?" – „Ja, klar", antwortete Stefanie, und erklärte mir, dass meine Mutter wahrscheinlich gerne auf die nächste Entwicklungsebene der Seele gehen würde, es aber nicht schafft. Das könne mehrere Gründe haben. Entweder fühle sie sich noch gebraucht und möchte helfen, oder es gäbe noch etwas zu klären. Vieleicht mit meinem Bruder. Ich war perplex, denn nie hatte ich etwas von der verschwiegenen Angelegenheit gegenüber meinem Bruder erzählt. In diesem Moment war es sehr schön und beruhigend, dass dort jemand war, der sich damit so gut auskennt. Letzte Zweifel waren verschwunden. Per Email schickte mir Stefanie ein Dokument zu, in dem ich nochmal genau nachlesen konnte, was ich in so einem Fall machen kann, und wie ich meiner Mutter helfen kann. Sie hatte mir davon natürlich schon im Telefonat erzählt. In einem Moment, der mir richtig erschien, vollzog ich eine Art Ritual.

Ich stellte eine weiße Figur, die erst Großmutter, dann Mutter gehört hatte, auf den Teppich. Im Kerzenschein setzte ich mich davor. Der Raum duftete nach Räucherstäbchen, und ich fing an zu sprechen. Ich sagte meiner Mutter, dass ich alleine zurechtkomme, und dass es okay ist, wenn sie eine Ebene weitergeht. Ich wisse, dass sie nicht weg sei. Ich versprach ihr auch, meinem Bruder einen Brief zu schreiben. Ich betete, und hielt mich genau an das, was ich von Stefanie wusste. Anfänglich fühlte ich Kälte um mich herum. Nach dem Ritual floss eine eigenartige Energie durch meinen Körper. Es war wie ein Beben, und ich hatte das Gefühl, ich werde in den Boden gesogen. Danach war wieder alles normal.

Die nächsten Wochen ging der Alltag weiter, und ich hatte alles schon fast vergessen. Erst nach geraumer Zeit begegnete mir wieder meine Mama Barbara im Traum. Sie kam mit ihrer Freundin von einem Talentwettbewerb wieder, und strahlte über das ganze Gesicht. Sie und ihre Freundin lachten, und meine Mutter sagte mit singender und aufgeregter Stimme: „Ich bin eine Runde weitergekommen!" Im Traum war ihre Aussage auf den Wettbewerb bezogen und ich freute mich mit ihr.

Als ich nun aufwachte, musste ich erst mal herzhaft lachen. Ein großer Stein fiel von meinem Herzen und ich dachte: „Das gibt es doch gar nicht! Meine Mutter ist eine Runde weiter, sie hat es auf die nächste Ebene geschafft!" Ich konnte nicht aufhören zu lachen, wie meine Mama in meinem Traum. Es war so ein schönes Gefühl, sie endlich nach fünf Jahren wieder lachen gesehen zu haben. Ein Lachen voller Liebe und Wärme, mit viel Humor über sich selbst und die Welt. Ich wusste, mir wurde ein Moment geschenkt, in dem wir wieder gemeinsam lachen konnten, denn das haben wir am liebsten und meistens gemacht.

Dafür bin ich sehr dankbar.

Josefin K.

Aufbruch ins Sommerland

Nun ist es Zeit, der Abschied naht.

Du hast geweint, gefleht, gehadert,

geliebt, gelacht,

vielleicht Dein Haus in Ordnung gebracht.

Die Seele ruft zum Aufbruch auf:

„Komm, es ist Zeit wir geh'n nach Haus.

Das Licht der Seel' berührt dich nun,

die Illusion sie löst sich auf.

Göttliches Licht zieht dich in seinen Bann.

Sag Danke für das Leben und lass los.

Ein Engel leuchtet dir den Weg nach Haus.

Im Sommerland da wartet schon die Liebe

und die Anderen die vorangegangen.

Sag nun: „Bis bald, bis ich euch wiederseh', im Sommerland."

Stefanie Keise

Zeitfracht Medien GmbH
Ferdinand-Jühlke-Straße 7
99095 Erfurt, Deutschland
produktsicherheit@kolibri360.de